附 MP3

一發合格！

我的33堂 前進N1篇

日語文法課

U0021119

日檢權威作者——**林士鈞** 著

目錄 CONTENTS

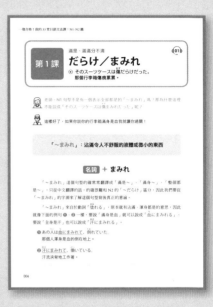

1 每堂課解説兩個易混淆句型，
先讀例句及情境，
有了概念後再往下讀！

2 有如真人老師在面前教學般，
口語化的解說，
清晰、不生硬、好讀！

3 試著把例句記下來，
就可靈活運用，
怎麼考都不用怕！

4 每章最後
皆附上六題練習題與詳解，
花上十分鐘練習，
就可複習完一堂課！

5 附有三回模擬日檢文法部分試題，
面對一堆類似的選項，
再也不會霧煞煞！

6 讀完三十三堂課後，
再聽一次 MP3 解說，
達到雙管齊下的功效！

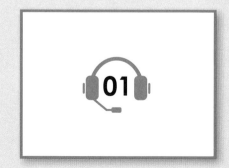

第 1 課

滿是、滿滿分不清

～まみれ／～だらけ

01

▶ そのスーツケースは傷だらけだった。
那個行李箱傷痕累累。

 老師，N1 句型不是有一個表示全部都是的「～まみれ」嗎？那為什麼這裡不能説成「そのスーツケースは傷まみれだった」呢？

 這樣好了，如果你説你的行李箱滿身是血我就讓你過關！

「～まみれ」：沾滿令人不舒服的液體或微小的東西

名詞 ＋ まみれ

「～まみれ」這個句型的確常常翻譯成「滿是～」、「滿身～」、「整個都是～」，只從中文翻譯的話，的確很難和 N2 的「～だらけ」區分，因此我們要從「～まみれ」的字源來了解這個句型背後真正的意涵。

「～まみれ」來自於動詞「塗れる」，原本就有沾滿、渾身都是的意思，因此就像下面的例句 ❶、❷ 一樣，要說「滿身是血」就可以說成「血にまみれる」、要說「全身是汗」也可以說成「汗にまみれる」。

❶ あの人は血にまみれて、倒れていた。
那個人渾身是血，倒在地上。

❷ 汗にまみれて、働いている。
汗流浹背地工作著。

所謂的句型，往往是單字文法化的結果，「～まみれ」這個句型當然也是如此。原本的結構是名詞加上表示歸著點的助詞「に」，再接動詞「まみれる」構成「名詞にまみれる」這個說法。然後再經過文法化的過程，也就是動詞留下語幹、助詞省略，最後就成為接尾語「まみれ」，也就是「名詞＋まみれ」這個句型了。

名詞＋に＋まみれる ➡ 名詞＋に＋まみれる ➡ 名詞＋まみれ

把「名詞にまみれる」文法化之後的「名詞＋まみれ」因為已經不具動詞身分，所以如果要出現在句子的中間時，通常就會加上表示變化的「～になる」構成「名詞まみれになる」，然後再進行適當的動詞變化。因此，前面的例句 ❶、❷ 變成例句 ❸、❹ 之後，雖然型態有所改變，但是句義卻沒有變化。

❸ あの人は血まみれになって、倒れていた。
那個人渾身是血，倒在地上。

❹ 汗まみれになって、働いている。
汗流浹背地工作著。

不過如果「～まみれ」是出現在句尾的話，它的身分是接尾語，所以除了像例句 ❺ 加上「～になる」以外，像例句 ❻ 一樣直接加上「だ」、「です」這類語尾也可以喔！

❺ あの子は泥まみれになった。
那孩子變得滿身泥巴。

❻ その部屋はほこりまみれだった。
那個房間滿是灰塵。

也因為「～まみれ」一定是沾滿了令人不舒服的液體或是微小的東西，所以前面能接的名詞相當有限，除了「血まみれ」、「汗まみれ」以外，剩下的不外乎是「ほこりまみれ」（滿是灰塵）、「泥まみれ」（滿身泥濘）這類說法了喔！

「～だらけ」：滿是～

名詞 ＋ だらけ

　　比起 N1 的「～まみれ」，N2 的「～だらけ」就單純多了，前面的名詞沒有特別的限制，所以可以接「～まみれ」的就可以接「～だらけ」。例如滿身泥巴除了說成「泥まみれ」，也可以說成「泥だらけ」；全身是血可以說成「血まみれ」，也可以說成「血だらけ」。從下面的例句 ❼、❽ 就可以看出來，這個時候的「～だらけ」和「～まみれ」其實可以不用區分。

❼ あの子は泥だらけになった。
　　那孩子變得滿身泥巴。

❽ あの人は血だらけだった。
　　那個人全身是血。

　　可是我們前面提到，「～まみれ」只能用於沾滿令人不舒服的液體或微小的東西時，不過「～だらけ」就沒這個限制了，因此滿是垃圾就只能說成「ゴミだらけ」，不能說成「ゴミまみれ」；滿是錯誤也只能說成「間違いだらけ」，不能說成「間違いまみれ」。

❾ 彼の部屋はゴミだらけだ。
　　他的房間滿是垃圾。

❿ 彼の日本語で書いた手紙は間違いだらけだった。
　　他用日文寫的信滿是錯誤。

　　了解這一點之後，也就知道為什麼「そのスーツケースは傷まみれだった」這一句話不恰當了，因為傷口、傷痕並不是附著在行李箱之上，因此要說成「そのス

ーツケースは傷<ruby>傷<rt>きず</rt></ruby>だらけだった」才對喔！

❶❶（×）そのスーツケースは傷<ruby>傷<rt>きず</rt></ruby>まみれだった。

❶❷（〇）そのスーツケースは傷<ruby>傷<rt>きず</rt></ruby>だらけだった。
那個行李箱傷痕累累。

　　不過還要補充一個地方，那就是「〜だらけ」的確沒有太大的限制，但是這個句型通常用來說不好的事情，所以使用時要小心喔！例如如果你要說「老師的研究室滿滿都是書」這句話時，你說成「本<ruby>本<rt>ほん</rt></ruby>だらけ」的話……喂，沒禮貌！我們是在做研究好不好。也就是如果沒有負面意涵的話，用「〜でいっぱいだ」就可以啦！當然，如果你有個宅到底的男朋友，他的房間就有可能是「漫画<ruby>漫画<rt>まんが</rt></ruby>だらけ」喔！

❶❸（？）先生<ruby>先生<rt>せんせい</rt></ruby>の研究室<ruby>研究室<rt>けんきゅうしつ</rt></ruby>は本<ruby>本<rt>ほん</rt></ruby>だらけだ。
老師的研究室滿滿都是書。（亂七八糟、東丟西丟！）

❶❹（〇）先生<ruby>先生<rt>せんせい</rt></ruby>の研究室<ruby>研究室<rt>けんきゅうしつ</rt></ruby>は本<ruby>本<rt>ほん</rt></ruby>でいっぱいだ。
老師的研究室滿滿都是書。

❶❺（〇）彼氏<ruby>彼氏<rt>かれし</rt></ruby>の部屋<ruby>部屋<rt>へや</rt></ruby>は漫画<ruby>漫画<rt>まんが</rt></ruby>だらけだ。
男朋友的房間滿滿地都是漫畫書。

　　經過了上面的說明，聰明一點的讀者和考生應該會發現一個驚人的事實，那就是如果選項同時出現了「〜まみれ」和「〜だらけ」，而你又意識到必須從中選一時，答案一定是「〜だらけ」。因為「〜まみれ」一定可以變「〜だらけ」，但是「〜だらけ」不一定可以換「〜まみれ」呀！

不過，雖然我們把「～まみれ」記成前面一定是令人不舒服的液體或微小的東西，不過還是會有例外啦！例如「借金まみれ」這個說法就不是每一個日本人都認同的，傳統一點的角度覺得「借金」沒辦法沾滿全身，所以加上「まみれ」並不恰當。不過如果用開放一點的角度來看，我們中文不也是有「一屁股債」、「一身債」這樣的說法嗎？這也表示雖然「借金」不是液體或小東西，但是一樣會黏在身上揮之不去呀！因此，老師投「あの人は借金まみれだ」一票贊成票喔！

❶❻ あの人は借金だらけだ。

那個人欠債累累。

❶❼ あの人は借金まみれだ。

那個人欠債累累。

練習：請選出正確答案，有可能兩者皆是。

❶ 本棚の本はほこり｛だらけ・まみれ｝になっていた。

❷ シャツがしわ｛だらけ・まみれ｝になってしまった。

❸ 太郎の答案は間違い｛だらけ・まみれ｝だった。

❹ ズボンが泥｛だらけ・まみれ｝だった。

❺ 公園は美しい花｛だらけ・でいっぱい｝だ。

❻ 血｛だらけ・まみれ｝の女が、道に倒れていた。

 解答＋關鍵字提示

❶ 兩者皆是（書架上的書變得滿是灰塵／書架上的書變得沾滿灰塵。）

「ほこり」（灰塵）符合令人不舒服的小東西，基於能用「まみれ」就能用「だらけ」原則，答案兩者皆是喔！

❷ だらけ（襯衫變得皺巴巴的。）

「しわ」（皺摺、皺紋）不符合能夠「沾滿」的東西，因此不能用「まみれ」，只能接「だらけ」喔！

❸ だらけ（太郎的答案滿是錯誤。）

「間違い」（錯誤）不符合能夠「沾滿」的東西，因此不能用「まみれ」，只能接「だらけ」喔！

❹ 兩者皆是（褲子上滿是泥巴／褲子上沾滿了泥巴。）

「泥」（泥巴）符合令人不舒服的小東西，基於能用「まみれ」就能用「だらけ」原則，答案兩者皆是喔！

❺ でいっぱい（公園裡滿是美麗的花朵。）

「美しい花」（美麗的花朵）讓這句話成為正面的句子，因此不能用「だらけ」，必須接「でいっぱい」結束。

❻ 兩者皆是（全身是血的女性倒在路上。）

「血」（血液）符合令人不舒服的小東西，基於能用「まみれ」就能用「だらけ」原則，答案兩者皆是喔！

第 2 課

清一色都搞不懂

～だらけ／～ずくめ

🎧 02

▶ きのうはいいことずくめの一日(いちにち)だった。
昨天是好事連連的一天。

 老師，我記得「～だらけ」是「滿是」、「全是」的意思，那「昨天是好事連連的一天」這句話，可以説成「きのうはいいことだらけの一日(いちにち)だった」對吧？

 「～だらけ」的確是「滿是」、「全是」的意思，不過，你説的昨天是你的昨天還是前男友的昨天呀？

「～だらけ」：滿是～、全是～

名詞 + だらけ

「～だらけ」雖然有「滿是」、「全是」的意思，但是一般來說都會用在不好的事情上，既然「いいこと」是好事，你卻還是加上「だらけ」，是不是表示那些好事對你來說不好呀？難道是你的前男友和現任女友好事連連，你心裡不舒服嗎？

❶（？）きのうはいいことだらけの一日(いちにち)だった。

　　？（昨天是全是好事的一天，但是我覺得超級討厭。）

❷（×）きのうはいいことまみれの一日(いちにち)だった。

　　？（昨天是沾滿好事的一天，但是沾得很不舒服。）

「咦？不能用『～だらけ』，可是『～まみれ』又更不可能了呀！」同學，幸好你腦袋還是清醒的，「～まみれ」一定要「沾滿～」，全身沾滿黏呼呼的好事？

「～ずくめ」：清一色～、全是～

名詞 ＋ ずくめ

這裡的正確說法應該加上「～ずくめ」，在討論「～だらけ」和「～ずくめ」的差異之前，應該先好好地介紹一下「～ずくめ」這個句型才對。「～ずくめ」最基本的功能是用來表示「清一色」，當然這裡的清一色跟打麻將無關，是真正的顏色。不過顏色的詞彙中，其實也不是什麼都可能拿來表達清一色，因此幾乎都是像例句 ❸ 這樣說成「黒ずくめ」（一身黑），頂多加上「白ずくめ」（一身白），就沒什麼一身粉紅、一身咖啡了。

❸ 彼は黒ずくめの服装をしている。
他打扮得一身黑。

❹ きのうはいいことずくめの一日だった。
昨天是好事連連的一天。

為什麼要先從「清一色」來討論「～ずくめ」呢？因為不同於「～まみれ」是沾滿全身、「～だらけ」有大量的感覺，「～ずくめ」則是從頭到尾的意思。這也就是為什麼常用來表示打扮，從頭到腳、從帽子到鞋子都是黑色的，不就是一身黑嗎？

「～ずくめ」就是從「清一色」的概念衍生到「全部都是」，因此要表示好事連連時，就可以說成「いいことずくめ」，以例句 ❹「きのうはいいことずくめの一日だった」來說，就傳達了昨天所發生的每一件事情都是好事。

前面提過「～だらけ」用來表示不好的事情，「～ずくめ」則沒有特別的限制，也就是如果前面是壞事的話，這兩個句型的確有可能可以互換。就像下面的例句 ❺、例句 ❻ 一樣，大家都不喜歡被約束，因此「規則」就會是不好的事情，這個時候加上「～だらけ」或是「～ずくめ」都是正確的喔！

❺ この高校は規則だらけで、大変だ。

這所高中一大堆規定，很煩人。

❻ この高校は規則ずくめで、大変だ。

這所高中什麼事都有規定，很煩人。

「老師，可是……」你不要說，我知道，你要問這兩句話有沒有什麼不同對吧？「～だらけ」是大量、「～ずくめ」是全部，因此如果是例句 ❺，就是用來強調規定一大堆；如果是例句 ❻ 就是強調每件事情都有規定來限制。所以雖然可以互換，但是還是有些差異。

「老師，可是……」你不要說，我知道。市面上的文法書對於「～ずくめ」的用法有一個不同的解釋之處，那就是有的說「～ずくめ」是屬於中性的詞彙，可是有的卻說「～ずくめ」主要用來表示好事。其實這是因為「～ずくめ」不只從單字經過文法化成為句型，甚至已經成語化了，所以前面所接的名詞並不是你想接什麼就接什麼。例如前面提到顏色幾乎就是「黒ずくめ」（一身黑），頂多加上「白ずくめ」（一身白），即使中文可能沒什麼問題，但是日文並不會有什麼「赤ずくめ」（一身紅？）之類的講法。此外，如果有人的房間「全都是書」，也不會說成「本ずくめ」喔！

❼（？）彼女は赤ずくめの服装をしている。

❽（？）彼氏の部屋は本ずくめだ。

「本ずくめ」不能成立可以從兩個面向來說明，一個就是「～ずくめ」前面出現的名詞有限，並不是要接什麼就接什麼。另一個就是既然「～ずくめ」表達從頭到尾，可是房間包含了牆壁和天花板，總不能連牆壁和天花板都是書吧？因此要像

例句 ❾ 一樣用「～だらけ」比較恰當喔！對了，也不要忘了，「～だらけ」用來講不好的事，如果你不是要說男朋友房間一大堆書亂七八糟的，而是說他很愛看書，滿滿的都是書的話，也不能用「～だらけ」，要改成「～でいっぱい」喔！

❾ 彼氏の部屋は本だらけだ。
男朋友的房間滿滿的都是書。

❿ 彼氏の部屋は本でいっぱいだ。
男朋友的房間滿滿的都是書。

對了，老師一直說「～ずくめ」前面出現的名詞有限，其實它前面除了「黒」（黑色）、「いいこと」（好事）外，不外乎是「めでたいこと」（喜事）、「ごちそう」（山珍海味）這類說法，所以請把例句 ⓫、例句 ⓬ 也記起來，這些都是很常見的說法。也因為「～ずくめ」常見的說法還是正面的事情偏多，如果要分類的話，老師也會把「～ずくめ」歸納為偏好事的那一類喔！同學，你還有什麼問題嗎？「老師，我剛剛是想上洗手間，只是……可以不用了……」

⓫ 今年はめでたいことずくめの一年だった。
今年是喜事連連的一年。

⓬ 夕べの料理はごちそうずくめだった。
昨天晚上的菜色全都是山珍海味。

練習：請選出正確答案，有可能兩者皆是。

❶ 我が家は今年けっこうなこと {ずくめ・だらけ} だった。

❷ 彼女の話は嘘 {ずくめ・だらけ} だった。

❸ このお正月は楽しいこと {ずくめ・だらけ} だった。

❹ 食卓の上はごちそう {ずくめ・だらけ} だった。

❺ 上から下まで黒 {ずくめ・だらけ} の人物が来ていた。

❻ この会社は規則 {ずくめ・まみれ} でいやになる。

解答＋關鍵字提示

❶ ずくめ（**我家今年好事連連。**）

「けっこうなこと」（好事）是正面的，不能使用「だらけ」，要接「ずくめ」才正確。

❷ 兩者皆是（**她的話全都是騙人的。**）

「嘘」（説謊）是負面的，雖然有小差異，但是使用「ずくめ」和「だらけ」都正確。

❸ ずくめ（**這個過年充滿開心的事。**）

「楽しいこと」（開心的事）是正面的，不能使用「だらけ」，要接「ずくめ」才正確。

❹ ずくめ（**餐桌上全都是美食。**）

「ごちそう」（美食）是正面的，不能使用「だらけ」，要接「ずくめ」才正確。

❺ ずくめ（**來了一個全身上下穿得一身黑的人。**）

「黒」（黑色）是顏色，不能使用「だらけ」，要接「ずくめ」才正確。

❻ ずくめ（**這間公司一大堆規定，很討厭。**）

「規則」（規定）是負面的，如果是「ずくめ」和「だらけ」的話都正確，但是「まみれ」不行，所以只能選擇「ずくめ」。

第3課

摸蛤蜊兼洗褲

～ついでに／～がてら

> 出張がてら、昔の同僚に会いに行こう。
> 我要去出差順便見見老同事。

 老師，我非常確定 N2 學過的「～ついでに」是「順便」的意思，為什麼「我要去出差順便見見老同事」這句話不能說成「出張ついでに、昔の同僚に会いに行こう」呢？

 同學，先不管你到底是要出差順便見見老同事還是出差順便會會老情人，這句話就是不對！

「～ついでに」：順便～

名詞 の・動詞常體 ＋ ついでに

我們先從複習這位同學他聲稱學過的 N2 句型「～ついでに」開始吧！這個句型的確有「順便～」的意思，不過這個句型是來自「ついで」這個名詞，「ついで」是「有機會」、「順序」的意思。因此構成句型「～ついでに」之後，用來表示利用機會做某件事，也因此常會翻譯為「順便～」。

❶ 買い物のついでに、たばこを買ってきた。
買東西順便買了包菸。

❷ 家を出るついでに、ごみを捨ててくれない？
出門順便幫我丟一下垃圾好不好？

因為「～ついでに」的字源是名詞「ついで」，這個句型的連接方式就會是名詞修飾形加上「ついでに」。因此例句 ❶ 前面的名詞「買い物」要先加上「の」才能接「ついでに」；動詞則是以常體（此處為辭書形或た形）和「ついでに」連接，所以例句 ❷ 才會是「出る」接「ついでに」。

❸（×）出張ついでに、昔の同僚に会いに行こう。

❹（○）出張のついでに、昔の同僚に会いに行こう。

我要去出差順便見見老同事。

這樣大家就知道為什麼不管怎樣，一開始的「出張ついでに、昔の同僚に会いに行こう」就是錯的吧！如果我們想表達的是「實質正義」，那麼文法限制就是「程序正義」，法律上常講「沒有程序正義就沒有實質正義」，把這句話放到學習語言上，意思其實就是：不管你想表達什麼，只要文法錯了就免談。因此我們要把錯誤的例句 ❸ 裡的「出張」和「ついでに」之間加上「の」，成為例句 ❹ 才是正確說法喔！

不過，例句 ❹ 雖然文法正確，不過表達的內容可能跟你想的有點差異耶。先賣個關子，討論完 N1 的「～がてら」再說吧！

「～がてら」：順便～

名詞 ・ 動詞ます形 ＋ がてら

「～がてら」和「～ついでに」雖然很像，但是不表示兩者可以互換喔！最大的差異當然是在連接方式，不像「～ついでに」的「ついで」是名詞，前面要用名詞修飾形連接；「～がてら」的身分則是接尾語，因此會直接放在名詞或是動詞ます形之後，構成「名詞＋がてら」或是「動詞ます形＋がてら」。

❺買い物がてら、友達の家に寄ってきた。

買東西順路去一下朋友家。

❻買い物しがてら、渋谷にでも出ようか。

要不要買東西順便去澀谷逛逛？

大家可以比較一下例句❺和例句❻，一個是「買い物がてら」，一個是「買い物しがてら」，兩個說法都正確，這就是因為「～がてら」是接尾語、而「買い物します」是漢語動詞。因此可以只留下名詞「買い物」或是以動詞ます形「買い物し」與之連接，當然，如果要從中選一個較常用的說法的話，只要留下漢語動詞的名詞部份其實就可以啦！

如果連接方式都正確，「～がてら」和「～ついでに」常常都能構成正確的句子，但是例句❼和例句❽雖然都正確，中文翻譯也相同，但還是有點差異，你看得出來嗎？給個提示好了，閩南語諺語「一兼二顧，摸蛤蠣兼洗褲」這句話適用於「～がてら」喔！

❼散歩がてら、たばこを吸ってきた。

散步順便抽了根菸。

❽散歩のついでに、たばこを吸ってきた。

利用散步的機會抽了根菸。

想通了嗎？其實「～がてら」前面接動詞ます形這個規則本身就是一個很大的提示，就像表示「一邊～一邊～」的「～ながら」前面接動詞ます形就是因為既然兩個動作同時進行，時態就只需要一個，而且放在句尾就好，所以「～ながら」之前就只需要語幹不需要表達時態的語尾了。而「～がてら」也有這樣的異曲同工之處，因為這個句型用來表示一個行為帶有兩個目的，也就是一石二鳥、一魚兩吃、一兼二顧摸蛤蠣兼洗褲這樣的概念。

接下來就來想看看囉！吃完飯後跟家人說「我出去走走，順便抽根菸」會用哪一句呢？抽菸就抽菸嘛，還什麼出去走走，不要說醉翁之意不在酒，但大家總是心

知肚明對吧！這個時候符合例句 ❼「散歩がてら、たばこを吸ってきた」的情境。但是，如果是「偷抽菸」呢？許多隱形的癮君子瞭了吧？家人不知道你抽菸或是以為你戒菸了，吃飽飯後是不是跟家人說出去走走，然後偷哈了一根再回家呀！這個時候就是例句 ❽「散歩のついでに、たばこを吸ってきた」才符合喔！

❹ 出張のついでに、昔の同僚に会いに行こう。

　　我要利用出差的機會順便見見老同事。

❾ 出張がてら、昔の同僚に会いに行こう。

　　我要去出差順便見見老同事。

❿ 出張のついでに、昔のクラスメートに会いに行こう。

　　我要利用出差的機會順見見老同學。

　　相較於「〜がてら」有一石二鳥之意，「〜ついでに」則是利用進行前面那件事情的機會做後面那件事，因此前面所提到的例句 ❹ 在這個限制之下，表達的意思可能不是你原本想的。這句話意謂著出差歸出差、見老同事歸見老同事，一公一私、一碼歸一碼，不過你不只是半公半私，甚至是假公濟私吧！呃……沒這麼嚴重啦！老師的意思是你剛好出差到了北海道，剛好以前的同事退休後也住在北海道，你利用洽公之餘，順道探訪了他，這就是「〜ついでに」所謂的「找機會」、「趁機」的特色。當然，是不是老情人、老相好，那就隨便你啦（喂！）。

　　既然如此，假設我們是到總公司出差，順便和調到總公司的老同事見個面，這不就是很清楚的一個行為兩個目的嗎？這種情況說成例句 ❾「出張がてら、昔の同僚に会いに行こう」才恰當喔！換個角度，如果你拜訪的是老同學，那反而要使用「〜ついでに」比較恰當，所以要說成例句 ❿「出張のついでに、昔のクラスメートに会いに行こう」比較好喔！

💬 練習：請選出正確答案

❶ 買い物の{ついでに・がてら}、たばこを買ってきてください。

❷ 散歩{ついでに・がてら}、ちょっとスーパーまで行ってきます。

❸ 散歩の{ついでに・がてら}、郵便局に寄った。

❹ 日本語の勉強{ついでに・がてら}、よく日本のドラマを見ている。

❺ 駅まで歩き{ついでに・がてら}、お花見をしていこう。

❻ 病院へ行った{ついでに・がてら}、スーパーで買い物をしてきた。

📝 解答＋關鍵字提示

❶ ついでに（你去買東西順便幫我買包菸！）
　名詞「買い物」後面有「の」一定要接「ついでに」才正確。

❷ がてら（我去走走順便去一下超市。）
　名詞「散歩」後沒有助詞「の」，所以一定要使用接尾語「がてら」才正確。

❸ ついでに（散歩順便去了郵局。）
　名詞「散歩」後面有「の」一定要接「ついでに」才正確。

❹ がてら（我常常看日劇順便學日文。）
　名詞「勉強」後沒有助詞「の」，所以一定要使用接尾語「がてら」才正確。

❺ がてら（我們用走的到車站順便賞賞花吧！）
　動詞「歩き」是ます形，所以一定要使用接尾語「がてら」才正確。

❻ ついでに（我去醫院順便在超市買了東西。）
　動詞「行った」是常體，一定要接「ついでに」才正確。

第 4 課

拜訪一下順便表達歉意 ▶04

〜かたがた／〜がてら

▶ お詫びかたがた、お伺いしたいと思いますが、ご都合はいかがでしょうか。

我想拜訪您一下順便跟您表達歉意，不知道您方便嗎？

老師，聽說這裡不適合說成「お詫びがてら、お伺いしたいと思います」，真的還假的呀？不是都是順便嗎？

同學，你這是哪裡聽說的？這個消息⋯⋯蠻中肯的呀！這裡的確不要用「がてら」，用「かたがた」說成「お詫びかたがた、お伺いしたいと思います」會比較好喔！

「〜かたがた」：順便〜

名詞 ＋ かたがた

　　「〜かたがた」這個句型的基本意義跟「〜がてら」真的可以說是一模一樣，的確都有「順便〜」的意思，也都是一個行為帶有兩個目的時使用。差別在哪裡呢？差別在於「〜かたがた」適合用在有禮貌的情境，所以老師就不用一兼二顧摸蛤蠣兼洗褲這個諺語來比喻了。因為要是這樣的話，大家一個不小心說成「我來你家借個廁所順便參觀一下」、「我去你家吃個飯順便休息一下」就尷尬了。

❶お見舞いかたがた、先生のお宅をお訪ねしました。

　　今天來探病順便向老師請安。

❷本日はお礼かたがた、先生のお宅にお伺いしました。

今天來跟老師道謝順便拜訪一下老師。

大家從例句 ❶、例句 ❷ 可以看到「～かたがた」這個句型的基本特性，那就是一般來說敬語用法是它最普遍的使用時機，因此這兩個例句語尾的謙讓語「お＋ます形＋する」就可視為「～かたがた」的關鍵字。此外，也因為具有一個行為帶有兩個目的的特性，句子裡通常會有移動相關動詞，因此表示「拜訪」的「訪ねる」「伺う」也是這個句型的關鍵字喔！

❸（△）お見舞いがてら、先生のお宅をお訪ねしました。

今天來探病順便向老師請安。

❹（△）本日はお礼のついでに、先生のお宅にお伺いしました。

？今天來跟老師道謝順便趁機參觀一下老師家。

我們試著把同樣有「順便～」的「～がてら」和「～ついでに」套入例句 ❶、例句 ❷，形成了例句 ❸、例句 ❹。老師在前面加上三角形記號「△」，這表示了雖然沒有錯，但不是最好的說法。先從問題比較大的例句 ❹ 來討論，因為「～ついでに」有比較明顯的「利用機會」、「趁機」的意思，這句話會說不定就帶有平時沒機會到老師家去，這次趁著道謝這個機會順便參觀一下的意思；例句 ❸ 的問題真的不大，絕對不能說是一個錯誤的句子，但是既然「～かたがた」可以視為「～がてら」的敬語用法，所以正式書信、對話時，既然句子出現了敬語，使用「～かたがた」讓句子裡的尊敬程度相符會比較恰當。

❺（△）お詫びがてら、お伺いしたいと思いますが、ご都合はいかがでしょうか。

我想拜訪您一下順便跟您表達歉意，不知道您方便嗎？

❻（○）お詫びかたがた、お伺いしたいと思いますが、ご都合はいかがでしょうか。

我想拜訪您一下順便跟您表達歉意，不知道您方便嗎？

也因為這樣，一開始的這句話，比起使用「～がてら」的例句 ❺ 這個說法，可以的話，換成「～かたがた」構成的例句 ❻ 的話，老師覺得會比較好。當然，畢竟考日檢的時候沒有複選題，所以如果是這種題目的話，選項有「～かたがた」

就不會有「～がてら」，大家可以放一百二十個心。

---

❼ 散歩がてら、本屋へ行ってこよう。

我想散散步順便去一下書店。

❽ 散歩かたがら、本屋へ行ってこよう。

我想散散步順便去一下書店。

　　咦，真的選項有「～かたがた」就不會有「～がてら」嗎？呃……其實老師也不敢確定啦！因為我不敢確定你的程度如何，是否具有判斷的能力。以例句 ❼ 和例句 ❽ 來說，因為句子的禮貌程度下降了，所以例句 ❼ 會是比較典型的說法，但是不代表例句 ❽ 就不行，畢竟禮多人不怪呀！因此「～かたがた」和「～がてら」出現在同一題的選項中的機會真的不高。不過如果一定要逼大家從中選一的話，倒是可以有下面這種考法啦！

❾（○）祖父を駅まで迎えに行きがてら、パンを買いに行きましょう。

　　　　我們去車站接爺爺順便去買個麵包吧！

❿（×）祖父を駅まで迎えに行きかたがら、パンを買いに行きましょう。

　　各位看一下例句 ❾、例句 ❿ 有什麼不同？如果一定要測驗出「～かたがた」和「～がてら」的不同的話，大概只有這個辦法了。因為「～かたがた」這個句型已經算是個慣用說法（意思就是文法化的性質很強，前面沒辦法亂接東西了），所以能出現在前面的名詞有限，除了前面已經出現過的「お詫びかたがた」（順便道歉）、「お見舞いかたがた」（順便探望）、「お礼かたがた」（順便道謝）、「散歩かたがた」（順便散步）以外，還能接的頂多是「お祝いかたがた」（順便祝賀）、「ご挨拶かたがた」（順便跟您打個招呼）、「ご報告かたがた」（順便向您報告）這幾個說法，如果是「旅行かたがた」（順便旅行）、「勉強かたがた」（順便讀書）這些說法幾乎都不能成立了，更何況例句 ❿ 還用動詞ます形來連接，更是不恰當。因此大家就可以從連接方式來區分「～かたがた」和「～がてら」，如果前面出現的是動詞ます形的話，當然要像例句 ❾ 一樣，使用「～がてら」才適合喔！

 練習：請選出正確答案，有可能兩者皆是

❶ 課長を見舞い{がてら・かたがた}、仕事の報告をしてきた。
❷ ご報告{ついでに・かたがた}、近いうちにお伺おうと思っています。
❸ 散歩{がてら・かたがた}、たばこを買ってこよう。
❹ ご挨拶{がてら・かたがた}、お邪魔してもよろしいでしょうか。
❺ 大阪に旅行する{ついでに・かたがた}、神戸にも行ってみたい。
❻ 桜を見{がてら・かたがた}、大学まで歩いた。

 解答＋關鍵字提示

❶ がてら（我去報告公事順便探望了課長。）
「見舞い」是動詞ます形，所以不能接「かたがた」，只能接「がてら」。

❷ かたがた（我想近期拜訪您一下順便向您報告。）
「ご報告」是名詞，可以接「かたがた」和「がてら」，但是不能接「ついでに」，因此正確答案為「かたがた」。

❸ 兩者皆是（我去走走順便買包菸！）
「散歩」是名詞，可以接「かたがた」和「がてら」，因此答案兩者皆是。（不過本題為常體句，若只能擇一時，應使用「がてら」較佳。）

❹ 兩者皆是（我可以到您府上拜訪順便向您打聲招呼嗎？）
「ご挨拶」是名詞，可以接「かたがた」和「がてら」，因此答案兩者皆是。（不過本題為敬語句，若只能擇一時，應使用「かたがた」較佳。）

❺ ついでに（我想利用在大阪玩的機會順便也去一下神戶。）
「旅行する」是動詞辭書形，屬於常體，所以不能接「かたがた」，只能接「ついでに」。

❻ がてら（用走的到學校沿途順便賞櫻。）
「見」是動詞ます形，所以不能接「かたがた」，只能接「がてら」。

第 5 課　～ながら／～かたわら

一邊這樣，一邊那樣　**05**

▶ 母親は会社の仕事をするかたわら、家事もきちんとやっている。

母親一面在公司工作，一方面也把家事處理得好好的。

老師您好，「～ながら」表示同時進行兩個動作，是初級就學過的句型，你說我怎麼可能錯對吧？説媽媽一邊工作一邊也把家事處理得好好的，當然是「母親は会社の仕事をするながら、家事もきちんとやっている」這句話啦！

同學，老師不能同意你更多。「～ながら」真的是初級就學過的句型，可是你還是不會是為什麼？快回火星吧，地球是很危險滴！

「～ながら」：一邊～一邊～

動詞ます形 ＋ ながら

　　表示動作同時進行的「～ながら」的確是檢定界的常青樹，從 N5 到 N1 都有它的身影。「咦？老師，它那麼重要，你前兩彈為什麼完全都沒提到呀？」我就知道同學會有這個疑問，原因很簡單，忘了呀……呃，不是啦，是因為之前的「～ながら」功能還算單純，所以就留到第三彈讓它一次炸裂吧。不過話說回來，其實要炸裂的其實不是這一回，所以這一回就四平八穩、平平安安說明就好，不好意思，讓大家期待太多了！

❶ ラジオを聞きながら、運転している。

　邊開車邊聽著收音機。

❷ 歌を歌いながら、お風呂に入る。

　邊洗澡邊唱歌。

　「～ながら」表示一次進行兩個動作，文法連接上最大的特色就是前面的動詞必須以ます形連接，構成「ます形＋ながら」。因此例句 ❶ 的前半是「ラジオを聞きながら」；例句 ❷ 的前半是「歌を歌いながら」。

「～ながら」：「次要動作」ながら＋「主要動作」

　為什麼前面要接ます形呢？大家可以想一下我們曾經提過的「～がてら」句型，這個句型用來表示一個目下進行兩個動作，既然如此，兩個動作只需要一個時間，因此前面出現的動作就只需要表示字義的語幹，不需要表示時態的語尾，因此就會由ます形連接。回過頭來，「～ながら」這個表達同一時間進行兩個動作的典型句型，當然也是以動詞ます形連接囉！

❸（△）運転しながら、ラジオを聞いている。

　　？邊聽收音機邊開車。（家裡沒收音機只好車上聽）

❹（△）お風呂に入りながら、歌を歌う。

　　？邊唱歌邊洗澡。（沒錢上 KTV 只好浴室練歌）

　兩個動作同時進行？這樣的話哪個動作放前面、哪個動作放後面？大家先唸一下這兩句話「邊開車邊聽著收音機」、「邊洗澡邊唱歌」，這兩句話應該沒問題吧？接下來對照一下例句 ❶、例句 ❷，再對照一下例句 ❸、例句 ❹。這次找到問題了吧？日文是主要結構在末端的語言，更何況既然「～ながら」前面的動作只需要語幹，表示由後面的動作統一扮演時態即可。這也意味著，如果兩個動作有主從之分的話，主要動作在後、次要動作在前。那……主要動作、次要動作怎麼分？不用擔心，你會的。

請問你是開車無聊所以聽收音機，還是為了聽收音機而開車？如果是前者，那就是正常的例句 ❶；如果是後者，那就是不正常的例句 ❸，很顯然，你是怕電瓶沒電所以才發動車子繞一繞。

再來，請問你是洗澡心情好所以唱歌，還是為了唱歌所以去洗澡？如果是前者，那就是正常的例句 ❷；如果是後者，那就是不正常的例句 ❹，你乾脆來顆枇杷潤喉糖，人家美秀姐是為了生活每天都來洗身軀，你卻是為了 K 歌每天都來洗身軀。

主從之分這麼重要嗎？是的，你不先會區分「～ながら」前後行為的主從關係，你就不知道接下來的兩個人誰是半工半讀、誰是在職進修了。

❺ 彼は働きながら、大学で勉強している。
　他一邊讀大學一邊工作。（半工半讀）

❻ 彼は大学で勉強しながら、働いている。
　他一邊工作一邊讀大學。（在職進修）

當然，如果你的中文無法駕馭「半工半讀」和「在職進修」，就先放棄日文吧！所謂「半工半讀」，主要的當然是「讀」、次要的當然是「工」，所以例句 ❺ 應該是表達半工半讀的適當說法。所謂「在職進修」，自己本來的全職工作當然是主要的，讀書是次要的，才會叫進修呀！這樣的話，例句 ❻ 才適合表達在職進修囉！

「～かたわら」：一面～一面～

名詞 の・ 動詞辭書形 ＋ かたわら

「～かたわら」常翻譯為「一面～一面～」，不過老師絕對不是要大家用「一邊～一邊～」和「一面～一面～」來區分這兩個句型，我不做這麼丟臉的事大家放心。我們先從連接方式下手吧！比較一下前面出現過表示半工半讀的例句 ❺，如

果將動詞變成辭書形，後面就不能接「～ながら」，而是要改成「～かたわら」才能構成正確的說法。

❺ 彼は働きながら、大学で勉強している。
かれ はたら だいがく べんきょう

他一邊讀大學一邊工作。

❼ 彼は働くかたわら、大学で勉強している。
かれ はたら だいがく べんきょう

他一面工作一面讀大學。

　　大家注意到我說「才能構成正確的說法」了嗎？意思就是這是為了符合文法規則進行的調整，不表示調整後的句子和原本的句子意義相同喔！意思呢？當然不同，「～ながら」用來表示同時進行兩個動作，次要動作在前、主要動作在後；「～かたわら」則是用來表示同時具有兩個身分，從連接方式是辭書形接「～かたわら」這一點來看，我們可以得知應該是主要身分在前、次要身分在後。

❼ 彼は働くかたわら、大学で勉強している。
かれ はたら だいがく べんきょう

他一面工作一面讀大學。

❻ 彼は大学で勉強しながら、働いている。
かれ だいがく べんきょう はたら

他一邊工作一邊讀大學。

　　可是這樣我們區分了例句 ❺ 和例句 ❼ 的不同，卻又讓例句 ❼ 和例句 ❻ 分不出來了呀！有什麼關係？例句 ❻ 和例句 ❼ 的確可以表達相同的事實，不過例句 ❻ 重點在行為，也許用來強調在職進修的努力和辛苦；例句 ❼ 重點在身分，可以表達他是個上班族，同時也是個大學生，兩個角色都扮演得恰如其分。

- -

❽ 侯文詠は医者として働くかたわら、小説を書いていた。
い しゃ はたら しょうせつ か

侯文詠之前一面當醫生一面寫小說。

❾ 蔡智恆は大学院での勉強のかたわら、作家活動もしていた。
だいがくいん べんきょう さっか かつどう

蔡智恆之前一面讀研究所一面寫書。

❿ 林士鈞は大学で教えるかたわら、本も出している。
だいがく おし ほん だ

林士鈞一面在大學教書一面也出書。

　　兩個身分？說起來簡單，做起來不容易。大家最熟悉的就是醫生作家侯文詠了，他雖然目前離開了醫學界，不過之前的確同時具有醫師和作家兩個身分，因此例句 ❽ 就是很恰當的說法。另外蔡智恆（痞子蔡）雖然目前也離開教職了，不過他研究所期間所寫的《第一次親密接觸》到現在還是相當受讀者喜愛，所以例句 ❾ 也是很貼切的表達。不過以上兩位都離開了本職專職創作，害得我只能用過去式造句。只好提一下自己了，林老師雖然補教引退，但是大學的課沒有停、出書的腳步也持續中，例句 ❿ 就是最典型的表達喔！（又是一次成功的置入性行銷！）

---

❶❶（×）母親は会社の仕事をするながら、家事もきちんとやっている。

❶❷（○）母親は会社の仕事をするかたわら、家事もきちんとやっている。
　　　　母親一面在公司工作，一方面也把家事處理得好好的。

　　回到最前面的這句話，大家現在知道為什麼不能用「～ながら」了吧？畢竟只要連接錯誤就沒什麼好提的。而且這句話顯然使用「～かたわら」表達媽媽同時具有上班族和家庭主婦兩個身分最恰當呀！

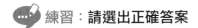 練習：請選出正確答案

❶ あの先生は教師の仕事の {ながら・かたわら}、趣味として小説の翻訳もやっている。

❷ その喫茶店でコーヒーでも飲み {ながら・かたわら}、話しましょう。

❸ 王さんは子どもを育てる {ながら・かたわら}、大学院に通っている。

❹ 陳さんは銀行で働く {ながら・かたわら}、塾で英語講師をしている。

❺ 田中さんは昼間働き {ながら・かたわら}、夜学校に通っています。

❻ 木村さんは高校に勤める {ながら・かたわら}、ボランティアとして外国人に日本語を教えている。

解答＋關鍵字提示

❶ かたわら（那位老師一面教書，一面翻譯小說當興趣。）
名詞「仕事」後面已經有助詞「の」，所以不能接「ながら」，要接「かたわら」才是正確說法。

❷ ながら（我們在那家咖啡館邊喝咖啡邊聊吧！）
「飲み」是動詞ます形，所以一定要接「ながら」才是正確答案。

❸ かたわら（王小姐一面帶小孩，一面讀研究所。）
「育てる」是動詞辭書形，所以不能接「ながら」，要接「かたわら」才是正確說法。

❹ かたわら（陳小姐一面在銀行工作，一面在補習班當英文講師。）
「働く」是動詞辭書形，所以不能接「ながら」，要接「かたわら」才是正確說法。

❺ ながら（田中先生晚上讀夜校，白天工作。）
「働き」是動詞ます形，所以一定要接「ながら」才是正確答案。

❻ かたわら（木村先生一面在高中服務，一面當義工教外國人日文。）
「勤める」是動詞辭書形，所以不能接「ながら」，要接「かたわら」才是正確說法。

第 6 課

你聽過つつ三兄弟嗎

〜たり〜たり／〜つ〜つ

▶ 変な男の人がうちの前を行きつ戻りつしている。
有個奇怪的男子在我家前走來走去。

06 🎧

 老師，我記得「〜たり〜たり」除了動作列舉，還可以描述反覆的行為，所以這裡説成「変な男の人がうちの前を行きたり戻りたりしている」應該沒問題吧？

 問題可大了！老師一直強調沒有程序正義就沒有實質正義，不管你想説的多有意義，句子錯了就沒有任何意義！另外，先不管他是不是個怪人，很顯然，你可能不認識「つつ三兄弟」吧！

「〜たり〜たり」：動作列舉

動詞た形 ＋ り、 動詞た形 ＋ り

　　「〜たり〜たり」用來表示動作的列舉，是初級日文範圍，以檢定來說是 N4 階段就應該學過的句型。所謂的「動作的列舉」意味著還有其他動作，以例句 ❶ 來說，假日在家的行為不只是看電視和聽音樂，應該還有其他行為，所以就用「〜たり〜たり」這個句型，也就是把動詞變成た形加上「り」，最後再接「する」（記得語尾進行適當的變化）。如果只有看電視和聽音樂怎麼辦？那就用て形並列，說成例句 ❷ 就好啦！

❶ 休みの日には家でテレビを見たり、音楽を聞いたりしている。
　　假日都在家裡看看電視、聽聽音樂之類的。

❷休みの日には家でテレビを見て、音楽を聞いている。

假日都在家裡看電視聽音樂。

「～たり～たり」除了表示動作的列舉，還能像例句 ❸ 一樣表達反覆進行兩個動作。其實這是因為如果只用て形的話，就只能表示並列或是順序，而「～たり～たり」既然可以表示還有其他動作，當然也包含了重複相同的動作。中文的「走來走去」、「坐立難安」也都是類似的表達。因此，一開始的「有個奇怪的男子在我家前走來走去」這句話，如果調整動詞變化構成例句 ❹ 的話，也是正確的說法喔！

❸彼は廊下を行ったり、来たりしている。

他在走廊上走來走去。

❹変な男の人がうちの前を行ったり、戻ったりしている。

有個奇怪的男子在我家前走來走去。

名詞 だった＋り、名詞 だった＋り

い形容詞 ~~い~~かった＋り、い形容詞 ~~い~~かった＋り

（若為な形容詞則是和名詞一樣加上だったり）

另外要提醒大家的是，雖然這個句型原則上還是記為動作的列舉，但是表示反覆時，不一定要接動詞，接名詞和形容詞也可以，不過無論如何，記得變成た形，也就是過去常體喔！例如例句 ❺ 裡面是名詞，會構成「～だったり～だったり」、例句 ❻ 是い形容詞，會構成「～かったり～かったり」。

❺大学生の悩みは勉強だったり、感情だったり、いろいろです。

大學生的煩惱有讀書、感情，各式各樣的。

❻最近は暑かったり寒かったりしている。

最近忽冷忽熱。

つつ三兄弟：「～つつ」、「～つつある」、「～つ～つ」

ます形 ＋つつ

ます形 ＋つつある

ます形 ＋つ、 ます形 ＋つ

接下來就是「つつ三兄弟」的事了，老師叫它們「つつ三兄弟」不是亂叫的，因為它們之間一定有某些關係才能稱兄道弟。不過它們不知道意義是什麼，只有義氣……老師的意思是，它們就像結拜兄弟一樣，其實沒有意義上的關係，就只是連接上的方式相同而已。

「～つつ」：動作同時進行或逆態接續

ます形 ＋ つつ

先從小弟，屬於 N2 的「～つつ」開始，這個句型有兩個功能，一個是表示動作同時進行；一個是表示逆態接續。大家發現了嗎？其實我們提過的檢定常青樹「～ながら」也有這兩個功能，換個說法，你就把「～つつ」當作「～ながら」的高階版、文言版也可以，兩者互換幾乎都沒問題，而且連接續方式都一樣是會用到ます形喔！

❼ ラジオを聞き<u>つつ</u>、運転している。
邊開車邊聽著收音機。

❽ 悪いと知り<u>つつ</u>、試験で友達の答えを見てしまった。
明明知道不對，考試時還是看了朋友的答案。

例句 ❼ 就是用來表示動作同時進行的「～つつ」；例句 ❽ 則是表示逆態接續的「～つつ」，這兩個句子裡的「～つつ」改成「～ながら」，說成「ラジオを聞き<u>ながら</u>、運転している」、「悪いと知り<u>ながら</u>、試験で友達の答えを見てしまった」都是沒問題的喔！

「～つつある」：狀態

ます形 ＋ つつある

　　接下來是二哥，也是屬於 N2 的「～つつある」，這個句型用來表示狀態，意思和表示狀態的「～ている」非常接近，幾乎可以互換。差異在哪裡？除了連接方式的差異外，「～つつある」當然屬於高階版、文言版囉！所以例句 ❾ 說成例句 ❿，當然也是沒問題的，只要小心動詞變化就好了。

❾ 地球は温暖化<u>しつつある</u>。
　　地球正在暖化。

❿ 地球は温暖化<u>している</u>。
　　地球正在暖化。

「～つ～つ」：動作列舉

ます形 ＋ つ、 ます形 ＋ つ

　　最後終於來到大哥了，屬於 N1 的「～つ～つ」。這個句型的功能則是和一開始解說的「～たり～たり」的第二個功能相同，也就是可以用來表示兩個動作反覆進行。所以把例句 ❸ 經過適當的動詞變化，就可以成為意思幾乎相同的高階版例句 ⓫。也因此，一開始的「有個奇怪的男子在我家前走來走去」這句話，也必須配合原有的動詞語尾，說成例句 ⓬ 的「変な男の人がうちの前を行き<u>つ</u>、戻り<u>つ</u>している」才正確。

❸ 彼は廊下を行っ<u>たり</u>、来<u>たり</u>している。
　　他在走廊上走來走去。

⓫ 彼は廊下を行きつ、来つしている。

他在走廊上走來走去。

⓬ 変な男の人がうちの前を行きつ、戻りつしている。

有個奇怪的男子在我家前走來走去。

「〜つ〜つ」這個用法真的只是「〜たり〜たり」的高階版嗎？其實也不盡然，例句 ⓫ 和例句 ⓬ 的句子裡只有一個人，所以我們真的看不出這兩個句型有何差異。但是例句 ⓭ 和例句 ⓮ 這種說法，就是只有「〜つ〜つ」才辦得到的。

⓭ 親友と差しつ差されつ朝まで飲んでしまった。

和好友你一杯我一杯的喝到早上。

⓮ お互い持ちつ持たれつ、助け合いましょう。

互相扶持一起合作吧！

這是什麼情況呢？例句 ⓭ 和例句 ⓮ 的共通特性是：反覆的動詞其實只有一個，例句 ⓭ 是「差す」、例句 ⓮ 是「持つ」。可是這個句型用來表示兩個動作反覆進行不是嗎？只有一個動作怎麼辦？放心，雖然只有一個動作，但是這兩個句子裡都各有兩個以上的人。既然如此，指的就是兩個人都進行這個動作。不過要注意的是，中文也許會說成我敬你你敬我，但是因為日文有主詞統一的特性，所以必須變成主動與被動，也就是形成例句 ⓭ 這種「我敬他酒、我被他敬酒」的說法才是日文的正確說法；同樣地，中文可以說成我扶你你扶我，但日文就必須說成像例句 ⓮ 這樣的「我扶你、我被你扶」的說法才正確喔！

練習：請選出正確答案，有可能兩者皆是。

① 温度が上がっ｛たり・つ｝下がっ｛たり・つ｝している。
② 木の葉は浮き｛たり・つ｝沈み｛たり・つ｝川を流れていった。
③ 彼女は返せないと思い｛ながら・つつ｝、また金を貸してしまった。
④ マラソンは追い｛つ・たり｝追われ｛つ・たり｝の大接戦となった。
⑤ 台風は進路を北に換え｛ている・つつある｝。
⑥ あの二人は抜き｛つ・たり｝抜かれ｛つ・たり｝、実力を競い合っている。

解答＋關鍵字提示

① たり・たり（溫度上上下下的。）
「上がっ」和「下がっ」是第一類動詞音變的結果，所以接「たり」才恰當。

② つ・つ（樹葉載浮載沉順流而下。）
「浮き」和「沈み」是第一類動詞的ます形，所以接「つ」才恰當。

③ 兩者皆是（儘管我覺得她還不起，還是又把錢借她了。）
「思い」是ます形，在此接「ながら」和「つつ」都能構成逆態接續。

④ つ・つ（馬拉松比賽大家互相追逐成為一場激戰。）
「追い」和「追われ」是ます形，且具主動和被動關係，所以接「つ」才恰當。

⑤ 兩者皆是（颱風前進的路線正朝北轉向。）
「～ている」和「～つつある」雖然意思相同，但連接方式不同。可是「換え」是第二類動詞的ます形，加上「て」就成為て形，不須音變，因此接「ている」和「つつある」都符合動詞變化規則，因此答案兩者皆是。

⑥ つ・つ（那兩個人互有領先的競爭著。）
「抜き」和「抜かれ」是ます形，且具主動和被動關係，所以接「つ」才恰當。

07

第 7 課

贊成還是反對
〜であれ〜であれ／〜なり〜なり

▶ 賛成するなり反対するなり、意見を言ってください。

贊成也好、反對也好，請說說意見！

 老師您好！我想確認一下，到底是贊成和反對的都要說意見，還是不管贊成、反對都要說意見？

 呃⋯⋯同學，我看你要不要先說說你的意見？你是贊成還是反對呀？

「〜であれ〜であれ」：不管〜還是〜（全部）

名詞 ＋ であれ、 名詞 ＋ であれ

　　「〜であれ〜であれ」和「〜なり〜なり」這兩個句型其實沒什麼關係，可是大家就是分不清楚。原因很簡單，因為這兩個句型中文幾乎都可以說成「不管〜還是〜」。但是問題來了，我們是在討論日文對吧？為什麼大家總是想用中文翻譯來解決日文問題呢？日文問題應該要用日文解決，所以大家絕對不能只靠中文翻譯，一定要想清楚每個句型背後的文法概念喔！

　　什麼文法概念呢？簡單來說就是你必須知道為什麼「〜であれ〜であれ」是由「〜であれ」組成的，而「であれ」到底又是什麼東西呢？

である　➡　であれ

　　「であれ」應該不是「で」加上「あれ」吧？如果是的話，那「あれ」是表示「咦？」的「あれ」？還是指示詞「那個」的「あれ」？都不是，「であれ」就是「であれ」。大家想一下，有沒有什麼動詞的動詞變化是語尾變成 e 段音的？（相信考 N1 的大家應該動詞變化都很熟！）第一類動詞的命令形就是語尾變成 e 段音，想到了嗎？我猜你一定會回答，寶寶知道，但是寶寶不說。不敢說是正常的，因為命令形出現在句中？鬼才相信！

であっても　➡　でも

　　沒錯，命令形不可能出現在句中，更何況「である」是「だ」的文章體，是否具有動詞身分都令人懷疑了，更不可能構成命令形。但是，在此跟大家報告一下，因為古文的動詞變化和現代文不太一樣，所以這裡的「であれ」雖然不能稱為命令形，但我們不能否認它畢竟是個「疑似」現代文的命令語尾。而<u>只要出現疑似命令語尾在句中，我們就視為逆態接續</u>，雖然很重要，但是我不重複三次（因為以後還會再重複不只三次喔）。換言之，「であれ」就是「でも」，「～であれ～であれ」就是「～でも～でも」，現在知道它為什麼會翻譯成「不管～還是～」了吧！

- - -

❶ 大人であれ子どもであれ、人に迷惑をかけてはいけない。
　　無論大人還是小孩，都不可以給人添麻煩。

❷ 日本人であれ外国人であれ、法律には従わなければならない。
　　不管日本人還是外國人，都一定要遵守法律。

　　我們看一下例句 ❶ 和例句 ❷，你應該會發現，其實真正的問題點是來自於翻譯的不精確。因為只有一個「～でも」構成的是單純的逆態接續，但是如果是兩個「～でも」形成的「～でも～でも」，是用來表達涵蓋所有狀況。因此大家可以檢查一下例句 ❶ 和例句 ❷，在「不管～還是～」這幾個字之後，還要加上「都」才能構成合理的說法。這也就是為什麼解決日文問題不可以把問題全都丟回中文的

原因之一，因為有可能是你自己的中文斷章取義，「〜であれ〜であれ」這個句型
說成「不管〜還是〜，都〜」才精確喔！

「〜なり〜なり」：不管〜還是〜（擇一）

名詞 ＋ **なり、** **名詞** ＋ **なり**

動詞辭書形 ＋ **なり、** **動詞辭書形** ＋ **なり**

比起表示涵蓋所有狀況的「〜であれ〜であれ」，接下來的「〜なり〜なり」
雖然中文也是說成「不管〜還是〜」，但卻是用來舉例，表示擇一即可。

❸ 電話なりメールなりで、陳君に連絡してください。

　打電話也好、寄電子郵件也好，請跟陳同學通知一聲！

❹ この本は必要だから買うなり借りるなりして用意してください。

　因為這本書會用到，所以用買的也好用借的也好，請準備好！

大家先看一下例句 ❸，要怎麼通知陳同學呢？打電話、寄電子郵件都可以，
擇一即可，不用樣樣來。例句 ❹ 就更清楚了，要書可以去書店買、也可以去圖書
館借，但是不要笨笨地借了還買。也就是如果說「〜であれ〜であれ」是「〜でも〜
でも」的話，「〜なり〜なり」就是「〜でもいい〜でもいい」的意思，除了翻
譯為「不管〜還是〜」，也可以說成「〜也好〜也好」喔！

❺ （〇）この肉は焼くなり煮るなりして食べてください。

　　這塊肉用烤的也好用滷的也好，請吃吃看。

❻ （✕）この肉は焼くなり煮るなりして食べた。

因為「〜なり〜なり」有擇一來做即可的意思，很像中文裡的「要殺要剮隨便

你」，你可以凌遲他、你可以殺他，但是你不可以凌遲完了再殺他。換個說法，料理的時候是要煎要滷、要清燉要紅燒、要清蒸要水煮都隨便你。但是一個食材只能處理一次，不能所有烹飪技巧全部用上對吧！也因為如此，「～なり～なり」這個句型最常見的語尾是像例句 ❺「～てください」之類的語尾，因為只要出現了表示請託的「～てください」，可以確保該行為尚未發生。換言之，例句 ❻ 這種過去式結尾的句子，就不適合這個句型喔！

❼（×）賛成するであれ反対するであれ意見を言ってください。
❽（○）賛成するなり反対するなり意見を言ってください。
　　　贊成也好、反對也好，請説説意見！

　　接下來就來看看一開始的句子吧！如果加上「～であれ～であれ」構成例句 ❼ 適不適合呢？也許大家會覺得如果翻譯成「不管贊成還是反對，請『都』說說意見」好像沒什麼問題，但是其實存在兩個問題喔！第一個問題就是「～であれ～であれ」表示涵蓋全部，也就是不管贊成還是反對、有意見還是沒意見，所有人都要說意見，這樣是不是就有點不恰當了呢？第二個問題則是最關鍵的，因為「～であれ～であれ」來自於「だ」，所以前面一定要接名詞，也就是這句話無論如何就是錯的，接續方式錯誤，就無法討論下去了喔！因此要使用「～なり～なり」構成例句 ❽ 才正確，表達的是贊成也好、反對也好，有意見就說出來，這樣的說法是不是才適合呀！

練習：請選出正確答案

❶ 晴天（せいてん）{ なり・であれ } 雨天（うてん）{ なり・であれ }、ハイキングに出（で）かけよう。

❷ 家（いえ）にいるなら、掃除（そうじ）する { なり・であれ } 洗濯（せんたく）する { なり・であれ } 家事（かじ）を手伝（てつだ）ってください。

❸ 不景気（ふけいき）だから、男（おとこ）{ なり・であれ } 女（おんな）{ なり・であれ }、就職（しゅうしょく）は難（むずか）しい。

❹ 野菜（やさい）{ なり・であれ } 果物（くだもの）{ なり・であれ }、食物繊維（しょくもつせんい）の多（おお）い食（た）べ物（もの）を食（た）べるようにしてください。

❺ 海（うみ）へ行（い）くの { なり・であれ } 山（やま）へ行（い）くの { なり・であれ }、気（き）を付（つ）けてください。

❻ 父親（ちちおや）{ なり・であれ }、母親（ははおや）{ なり・であれ } に相談（そうだん）しなければならない。

解答＋關鍵字提示

❶ **であれ・であれ**（**不管晴天還是雨天，我都想去健行。**）
這一句話是要表達健行不會受任何天候所影響，應該使用「であれ・であれ」。

❷ **なり・なり**（**既然在家的話，掃地也好、洗衣也好，請做點家事！**）
這一句話表達的是找個家事來做，應該使用「なり・なり」。

❸ **であれ・であれ**（**因為不景氣，所以男生也好、女生也好，找工作都很難。**）
這一句話是要表達任何一個人找工作都不容易，應該使用「であれ・であれ」。

❹ **なり・なり**（**蔬菜也好、水果也好，請多攝取一點食物纖維高的食物。**）
纖維量多的食物可以多吃，不可以吃過量，會脹氣。以上是醫學常識，跟日文關係不大。本句關鍵在於有吃、適量就好，不需要全吃，所以應該使用「なり・なり」。

❺ **であれ・であれ**（**不管去海邊還是去山上，都請小心！**）
去海邊要小心、去山上要小心，去銀行、去搭車也要小心，不管什麼時候都要小心，所以應該使用「であれ・であれ」。

❻ なり・なり（父親也好、母親也好，一定要找個人商量一下。）

就像家庭聯絡簿需要家長簽名，但不需要所有家長都簽名，爸爸、媽媽、阿公、阿嬤全簽名就太誇張了。所以找個人商量一下，不是要你開家族會議全員同意喔，所以應該使用「なり・なり」。

08

第8課

這個啦、那個啦

～だの～だの／
～といい～といい

▶ 単語といい、文型といい、日本語能力試験 N1
は難しい。
單字也好、句型也好，日檢 N1 很難。

 老師您好，我覺得 N1 的這幾個句型真的很煩人，不管是「～だの～だの」
還是「～といい～といい」，真的都超難，超亂的！

 同學你也好，我知道你現在心情不佳，但是不管是單字也好還是句型也好，
我說也好也不一定好呀！

「～だの～だの」：～啦～啦

名詞 ＋ だの、 名詞 ＋ だの
常體 ＋ だの、 常體 ＋ だの

　咦？「～だの～だの」是「～啦～啦」？這個句型乾脆叫啦啦啦算了。不管，
我就叫它啦啦啦句型。啦啦啦句型其實是由三個句型組合而成的，分別是 N3 的「～
とか～とか」、N2 的「～やら～やら」、N1 的「～だの～だの」。先看下面兩個「～
とか～とか」和「～やら～やら」的例子吧！

❶ 私はタイとかインドネシアとかいった暑い国が好きだ。
　我喜歡泰國啦、印尼啦這樣的熱帶國家。

❷ この電気屋はエアコンやら洗濯機やらでいっぱいだ。

這間電器行冷氣啦、洗衣機啦，擺得滿滿的。

「～とか～とか」單純用來舉例，例句 ❶ 就是利用「～とか～とか」舉出他所喜歡的國家是那一類的國家；「～やら～やら」就沒那麼單純了，不只是舉例，還表達出說話者覺得東西一大堆，煩死了（當然也可以是事情一大堆，煩死了）的意思，因此例句 ❷ 就能傳達出店裡東西擺得滿滿的，走路也走不過去，一個不小心就會撞到的意思。

---

❸ 毎月の給料は家賃だの、食事代だので、消えていく。

每個月的薪水因為房租啦、伙食費啦就花光了。

❹ 彼女は部屋が暗いだの、食事がまずいだのといつも文句を言っている。

她成天抱怨房間很暗啦、餐點很難吃啦。

接下來看看例句 ❸ 和例句 ❹，從這兩個例句我們可以得知「～だの～だの」也是比較適合用於負面的事情，這一點和「～やら～やら」還蠻接近的。兩者小小的差異在於「～やら～やら」強調的是「煩死了」的感覺，「～だの～だの」則是用來表示不滿、抱怨。例句 ❹ 就是「～だの～だの」的典型用法，我們甚至可以把「文句を言う」當作這個句型的關鍵字，如果有明顯的抱怨，當然就是要用「～だの～だの」才恰當。

「～といい～といい」：～也好～也好

名詞 ＋ といい、 名詞 ＋ といい

「～といい～といい」這個句型的中文常說成「～也好～也好」，而我們往往就在這個時候中計了，也「好」？是「～といい」裡的「いい」嗎？很抱歉，這裡跟「好」一點關係都沒有喔！

体<ruby>は<rt>からだ</rt></ruby>いい／体がいい（身體好）

体<ruby>に<rt>からだ</rt></ruby>いい（對身體好）

コーヒーでいい（咖啡就好）

大家先想一想，假設這裡的「いい」是表示「好」的い形容詞「いい」，那前面的「と」做什麼用？照理來說，形容詞前面的助詞應該不是「は」就是「が」，表示某個事物很好；若不是「は」或「が」，合理的大概就是「に」或「で」，「に」表示對某個事物好；「で」則是表示範圍，意思是「～就好」。換言之，名詞是不可能直接加上「と」再接形容詞「いい」。那麼「～といい～といい」裡的「いい」到底是什麼呢？

名詞と言<ruby>い<rt>い</rt></ruby>います

公佈答案，是「言います」。其實出現了表示內容的「と」各位就應該先想到，後面很有可能是跟言語行為有關的動詞。也就是這裡的「～といい～といい」雖然翻譯成「～也好～也好」，其實是「（說到）～也好，（說到）～也好」這個說法省略了「說到」。

❺ 夏<ruby>なつ<rt></rt></ruby>といい冬<ruby>ふゆ<rt></rt></ruby>といい、いつ行<ruby>い<rt></rt></ruby>っても北海道<ruby>ほっかいどう<rt></rt></ruby>は素晴<ruby>す ば<rt></rt></ruby>らしい。

夏天也好、冬天也好，不管何時去，北海道都很棒。

❻ 勉強<ruby>べんきょう<rt></rt></ruby>といい、スポーツといい、私<ruby>わたし<rt></rt></ruby>は何<ruby>なに<rt></rt></ruby>をやってもだめだ。

讀書也好、運動也好，我做什麼都不行。

確定這個句型裡的「いい」不是「好」之後，大家就可以知道雖然中文說到「～也好～也好」，但不一定用來講正面的事。從上面兩個例句來看，例句 ❺ 當然是好事，但是例句 ❻ 顯然就不是什麼光榮的事情。

雖然說「～といい～といい」前面並不一定是正面的事情，不過我們大部分會看到的例句還是以好事居多。這是因為這個句型最大的功能就是用來表達說話者的

評價，也就是利用舉例的方式表達出：「不管從哪個方面來看都～」，既然用來表達評價，那當然是好事居多，因為不好的往往不值一提。也因如此，「～といい～といい」這個句型後面常常會出現例句 ❼ 裡的「申し分ない」和例句 ❽ 裡的「文句のつけようがない」等等表示「無可挑剔」的相關詞彙，這些也就成為這個句型的關鍵字喔！（等等，大家應該不會分不出來前面的「文句を言う」和現在的「文句のつけようがない」吧？）

❼ あの店の品物は品質といいデザインといいどれも申し分ない。

那家店的商品品質也好、設計也好，每一件都無可挑剔。

❽ あの食堂の料理は味といい量といい文句のつけようがない。

那間餐館的菜味道也好份量也好都沒話說。

最後，來確認一下一開始的這句話吧！很顯然的，我們要表達的應該是「單字也好、句型也好，日文能力測驗 N1 很難」，中文如果你想加點「啦」，說成「單字啦、句型啦」應該也沒什麼問題啦。不過這不代表這個句型可以使用「～だの～だの」，因為「難しい」表達的是說話者的評價，而非不滿，所以這句話要使用「～といい～といい」，說成例句 ❿ 這樣才恰當喔！

❾（×）単語だの、文型だの、日本語能力試験 N1 は難しい。

❿（○）単語といい、文型といい、日本語能力試験 N1 は難しい。

單字也好、句型也好，日檢 N1 很難。

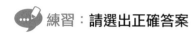 練習：請選出正確答案

❶ あの映画はストリー{だの・といい}、キャラクター{だの・といい}、素晴らしかった。

❷ 彼女は風邪を引いた{だの・といい}、頭が痛い{だの・といい}と言って、よく学校を休む。

❸ この服は値段{だの・といい}デザイン{だの・といい}、母にぴったりだ。

❹ まずい{だの・といい}きらい{だの・といい}と夫は料理に文句ばかり言っている。

❺ 性能{だの・といい}、値段{だの・といい}、このノートパソコンが一番好きだ。

❻ 彼は給料が安い{だの・といい}休みが少ない{だの・といい}と文句が多い。

📝 解答＋關鍵字提示

❶ といい・といい（那部電影劇情也好、角色也好，全都很棒。）
「素晴らしかった」是說話者的評價，所以應該使用「といい・といい」。

❷ だの・だの（她總是說感冒啦、頭痛啦，常常請假。）
這裡的「〜と言って」雖不是抱怨，但卻是藉口，所以應使用「だの・だの」。

❸ といい・といい（這件衣服價格也好、款式也好，都很適合媽媽。）
「母にぴったりだ」是說話者的評價，所以應該使用「といい・といい」。

❹ だの・だの（丈夫成天抱怨菜很難吃啦、不喜歡啦。）
「文句ばかり言っている」絕對是抱怨，所以應該使用「だの・だの」。

❺ といい・といい（性能也好、價格也好，我最喜歡這台筆電。）
「好きだ」是說話者的評價，所以應該使用「といい・といい」。

❻ だの・だの（他常常抱怨薪水很低啦、休假很少啦。）
「文句が多い」是抱怨無誤，所以應該使用「だの・だの」。

第9課

一進家門就衝進廁所

〜が早いか／〜や否や

▶ その薬を飲むや否や、急に眠くなってきた。
一吃了那個藥，就突然想睡了起來。

 老師，我的來義很清楚了吧？有一大群句型都有表示動作同時進行的功能，
也常翻譯為「一〜就〜」，您倒是說說，怎麼分、怎麼分（攤手）。

 想睡覺不是你能控制的吧？這樣懂了嗎……呵呵。

「〜が早いか」：一〜就〜（後面的動作帶有意志性）

動詞辭書形 ＋ が早いか

　　這不是醜話，但是老師還是先說在前頭。從 N2 到 N1 的「一〜就〜」句型至少有八個，但是除了幾個連接上有特別限制的句型外，考試通常不會混在一起讓大家從中選一，原因很簡單，第一、考試沒有考複選題；第二、考試不會考微妙差異；第三、出題老師也未必分得出來。

　　所謂出題老師未必分得出來，這句話並非輕視之意，而是因為每個句子說話者都可以選擇自己想要的表達方式，你選擇的說法未必是他人選擇的說法，這就是語言的個人差異。悲觀地來說，想要區分這一大堆的「一〜就〜」句型根本就是緣木求魚；哲學一點地說，本來無一物，何處惹塵埃。是否該就此下課？

對不起，老師失態了。似乎有一點不想面對，不想解決同學的問題。我再說明一下（繼續離題中），日語界有兩本聖經級的中高級句型書籍，名字我就不說了，這兩本對教學者和學習者都很重要的中高級句型書對「～や否や」和「～が早いか」這兩個文法基本上是不加區分的。連這樣的書都打馬虎眼，各位就應該知道困難度是很高的。應該是說，它們之間已經不單是日文問題，而是學術問題了。幸好老師除了是前補教天王，也算是個學者，就盡量在大家可以理解的範圍試試看吧！（還沒下課嗎？）

前面的標題提到「～が早いか」後面的動作帶有意志性，從這個特性應該就可以知道一開始的「一吃了那個藥，就突然想睡了起來」這句話並不適合使用「～が早いか」，因此例句 ❶ 是不恰當的說法。

❶（×）その薬を飲むが早いか、急に眠くなってきた。

❷（○）その薬を飲んだとたん、急に眠くなってきた。
　　　　一吃了那個藥，就突然想睡了起來。

那要改成什麼樣呢？這個時候你就拿出「一～就～」萬用包，也就是「～（た）とたん」這個句型，這個句型可說是「一～就～」的經典款，因為一般來說「一～就～」句型前面接的都會是動詞辭書形，唯獨「～（た）とたん」前面是接動詞た形，因此從 N2 考到 N1，即便有八個相關句型，考題都還是要大家依動詞語尾，選擇要「～（た）とたん」還是不要「～（た）とたん」。因此例句 ❶ 不能用，就使用「～（た）とたん」改成例句 ❷ 就好啦！

❸（○）先生は教室に入るが早いか、すぐ試験を始めた。
　　　　老師一進教室就立刻開始測驗。

❹（×）先生は教室に入ったとたん、すぐ試験を始めた。

例句 ❸ 可以說是「～が早いか」這個句型最典型的說法，前後兩個行為都是

同一個人的動作，這種情況反而就不能變成「～（た）とたん」。這是因為「～（た）とたん」前後兩個行為必須帶有一點因果關係，而老師進教室跟開始考試純粹是兩個順序動作，這個時候就只能使用「～が早いか」說成例句 ❸。

❺（○）彼は先生を見るが早いか、走り去ってしまった。
他一看到老師就立刻跑掉了。

❻（○）彼は先生を見たとたん、走り去ってしまった。
他一看到老師就立刻跑掉了。

　　進教室跟考試純粹是兩個順序動作，那看到老師就跑掉呢？一定有點關係，不是做壞事就是暗戀老師！既然如此例句 ❺ 和例句 ❻ 就都可以，有差別嗎？有一點。「～が早いか」比較強調時間上的關係，才看到就立刻腳底抹油一溜煙跑掉了；「～（た）とたん」則是強調意外的感覺，表示看到的人覺得：咦？是不是做了什麼壞事呀？

「～や否や」：一～就～（後面的動作有無意志性均可）

動詞辭書形 ＋ や否や

　　看完前面，大家知道為什麼我說區分很難但是考試不難了吧！一開始的這句話除了利用「～（た）とたん」改成例句 ❷，也可以選擇「～や否や」說成例句 ❼，這就是因為「～や否や」沒有「～が早いか」後面必須是意志動作的限制。

❷（○）その薬を飲んだとたん、急に眠くなってきた。
一吃了那個藥，就突然想睡了起來。

❼（○）その薬を飲むや否や、急に眠くなってきた。
一吃了那個藥，就突然想睡了起來。

那……大家知道接下來我要說什麼了嗎？例句 ❷ 和例句 ❼ 都對，那微小差異在哪裡呢？例句 ❷ 裡的「～（た）とたん」讓這句話帶有意外感，什麼藥那麼厲害？怎麼一吃就想睡；例句 ❼ 則是強調時間關係，根本就是一粒眠之類的超強鎮定劑了，一吃瞬間就想睡。

❽（○）雨が降ったとたん、気温が下がり始めた。
　　　 一下雨，氣溫就開始下降。

❾（×）雨が降るや否や、気温が下がり始めた。

老師，結論就是「～（た）とたん」和「～や否や」不用區分嗎？我知道你很想這麼問，我也很想給你肯定的回答，但是很遺憾，如果事情有這麼簡單就好了。大家看一下例句 ❽ 和例句 ❾，為什麼這裡只能使用「～（た）とたん」呢？這就是因為「～や否や」強調的是時間關係、「～（た）とたん」重視的是意外感。氣溫下降不會是下雨的瞬間就發生，因此例句 ❾ 就不恰當囉！

❿ 空が暗くなるや否や、大粒の雨が降ってきた。
　　 天空一變暗，就下起了大雨。

⓫ 彼は家に入るや否や、トイレに駆け込んだ。
　　 他一進家門，就衝到廁所去。

再看兩個例句，例句 ❿ 後面是非意志性動作，例句 ⓫ 後面則是意志性動作，兩個用法都正確。這個時候例句 ❿ 可以改成「～（た）とたん」，卻不能改成「～が早いか」；不過例句 ⓫ 可以改成「～（た）とたん」，也可以改成「～が早いか」喔！

知道老師的猶豫了吧！沒關係，痛苦的都結束了，看看下面的練習就知道，考試其實不會太難。你們要慶幸，考題不是我出的呀！

練習：請選出正確答案

❶ ドアを開_あけた {とたん・や否_{いな}や}、ネズミが入_{はい}ってきた。

❷ 昼_{ひる}のチャイムが鳴_なる {とたん・が早_{はや}いか}、弁当_{べんとう}を出_だして、食_たべ始_{はじ}めた。

❸ 子供_{こども}たちは公園_{こうえん}に着_つく {とたん・が早_{はや}いか}、おやつを食_たべだした。

❹ 信号_{しんごう}が青_{あお}に変_かわる {とたん・や否_{いな}や}、その車_{くるま}は猛_{もう}スピードで走_{はし}り去_さった。

❺ 試験開始_{しけんかいし}のベルが鳴_なる {とたん・や否_{いな}や}、生徒_{せいと}たちはいっせいに鉛筆_{えんぴつ}を握_{にぎ}った。

❻ 母_{はは}の声_{こえ}を聞_きいた {とたん・が早_{はや}いか} 涙_{なみだ}が出_でてきた。

解答＋關鍵字提示

❶ とたん（一開門，老鼠就跑進來了。）
「開_あけた」是た形，無論如何就是不能接「や否_{いな}や」，所以答案是「とたん」。

❷ が早_{はや}いか（午休的鈴聲一響就拿出便當開始吃。）
「鳴_なる」是辭書形，無論如何就是不能接「とたん」，所以答案是「が早_{はや}いか」。

❸ が早_{はや}いか（孩子們一到公園就吃起了零食。）
「着_つく」是辭書形，無論如何就是不能接「とたん」，所以答案是「が早_{はや}いか」。

❹ や否_{いな}や（紅綠燈一變綠燈，那台車就高速駛去。）
「変_かわる」是辭書形，無論如何就是不能接「とたん」，所以答案是「や否_{いな}や」。

❺ や否_{いな}や（考試開始的鈴聲一響，學生們就同時拿起了鉛筆。）
「鳴_なる」是辭書形，無論如何就是不能接「とたん」，所以答案是「や否_{いな}や」。

❻ とたん（一聽到母親的聲音，淚水就奪眶而出。）
「聞_きいた」是た形，無論如何就是不能接「が早_{はや}いか」，所以答案是「とたん」。

第 10 課

一吃完下道菜就來

～なり／～そばから 🎧10

▶ 食べるそばから、次の料理がどんどん運ばれてきた。

一吃完，下一道菜不斷地送上來。

老師，你還好嗎？還是一樣的問題，「一～就～」的這兩個句型可以分嗎？如果你再說不用分，那我就跟你分手⋯⋯我是說我就去找下一個老師了！

同學，不要走！還是我跟你走？因為這真的太難了，問題怎麼會一波未平一波又起、一個接著一個、接踵而來、好事成雙、禍不單行。咦？我好像在逃亡之際說了什麼關鍵字，我真是專業！

「～なり」：一～就～（平常不會這麼做）

動詞辭書形 ＋ なり

不出各位所料，「～なり」跟「～が早いか」、「～や否や」的中文翻譯都是「一～就～」，三者常常可以互換，先放一百二十個心（老師好像常講這句話安慰大家），基本上是不會要大家從這三個選一個的，所以考題通常像例句❶、例句❷、例句❸、例句❹ 這樣，說實話蠻蠢的。

❶（○）彼女は私を見たとたん、泣き出した。

　　她一看到我就哭了出來。

❷（×）彼女は私を見たが早いか、泣き出した。

❸（×）彼女は私を見たや否や、泣き出した。

❹（×）彼女は私を見たなり、泣き出した。

　　例句 ❷、例句 ❸、例句 ❹ 不用討論就知道錯的原因在於「見た」已經是動詞た形，無論如何就只能接「～（た）とたん」，其他當然都不行。還記得老師一再強調的程序正義嗎？沒有程序正義就沒有實質正義，文法錯誤就沒有正確詞句。所以上面四個句子當然只有例句 ❶ 才正確。

❺（〇）彼女は私を見るが早いか、泣き出した。
　　她一看到我就哭了出來。

❻（〇）彼女は私を見るや否や、泣き出した。
　　她一看到我就哭了出來。

❼（〇）彼女は私を見るなり、泣き出した。
　　她一看到我就哭了出來。

　　把例句 ❷、例句 ❸、例句 ❹ 裡的「見た」改成「見る」，構成了例句 ❺、例句 ❻、例句 ❼ 之後，全數成為正確的句子。什麼嘛！對不起，老師的意思是，不用區分，因為考試不會考實質正義。呃……實質正義很重要，但是每個人有自己用字遣詞的權利對吧。

　　例句 ❶ 強調的是意外感，例句 ❺ 和例句 ❻ 強調的是時間關係，幾乎是一見面的同時就哭了。這兩句話如果選一個，我比較喜歡例句 ❻，因為它還能表達出這女孩之前也許忍住不哭，但是一看到對方，也許壓抑不住情緒、也許終於得以放鬆，眼淚傾瀉而出，多美的畫面呀！例句 ❼ 呢？李組長眉頭一皺，發現案情並不單純。如果以沒什麼人看過的日劇「小さな巨人」（警界小巨人）來說，就是「匂い」，我們似乎可以嗅出一點不尋常的氣息。

❽課長は電話を切るなり、部屋を出ていった。
　　課長一掛上電話就離開了房間。

❾課長は電話を切るが早いか、部屋を出ていった。
　　課長一掛上電話就離開了房間。

⑩ 課長は電話を切るや否や、部屋を出ていった。

　　課長一掛上電話就離開了房間。

　　什麼不尋常？例句 ❼ 表示了說話者覺得平常這個女孩應該不是個愛哭的人才對，一定是出了什麼事。例句 ❽ 則表示了說話者覺得一定是發生了什麼事情，課長才會掛上電話就立刻離開房間。例句 ❾ 和例句 ❿ 一樣是很類似的句子，如果要說差異在哪裡的話，例句 ❾ 強調的是「馬上」、「立刻」，你要說「立馬」也行；例句 ❿ 則是強調「衝出」，也就是急迫感本來就存在，但是必須掛上手中的電話才能去做接下來的這件事，當然要用「衝」的。

「～そばから」：一～就～（前後行為具有反覆之關係）

動詞辭書形・た形・ている ＋ そばから

　　「～そばから」算是「一～就～」句型中比較特殊的，因為其他句型大多用來表示單一事件，且應該是已經發生事情，但是「～そばから」卻有反覆之意。

⑪（✕）食べるなり、次の料理がどんどん運ばれてきた。

⑫（〇）食べるそばから、次の料理がどんどん運ばれてきた。

　　一吃完，下一道菜不斷地送上來。

　　大家想想，吃飯就吃飯，吃完一道菜之後上下一道菜是很普遍的情況，因此使用「～なり」的例句 ⑪ 就表達得太不單純了，又不是哈利波特第一天到霍格華茲，不要沒見過世面好不好。所以這個時候使用「～そばから」說成例句 ⑫ 會最恰當，可以表達出菜色之豐盛及豪華。

⑬（✕）掃除するなり、枯れ葉が落ちてくる。

⑭（〇）掃除するそばから、枯れ葉が落ちてくる。

　　一掃完，枯葉就又落下來。

再比較一下例句 ⑬ 和例句 ⑭，秋冬到了總是有掃不完的落葉，既然是很正常的自然現象，例句 ⑬ 是不是就太大驚小怪了，所以說成掃也掃不完的例句 ⑭ 是不是比較恰當呀！

---

⑮（×）泥棒は警官を見るそばから、逃げ出した。
⑯（○）泥棒は警官を見るが早いか、逃げ出した。
小偷一看到警察就逃走了。

相反地，如果只是單一事件，不具有反覆性的話，像例句 ⑮ 這種說法當然就不可以，使用「～が早いか」改成例句 ⑯ 的說法比較正確。

另外還要大家注意的是，正因為「～そばから」具有反覆性，所以前面連接時並不限於辭書形，た形甚至是ている語尾都可以，所以如果選項中同時出現了「～（た）とたん」就要小心判斷。怎麼判斷？看看有沒有「どんどん」這類表示接連不斷的副詞，有的話，一定要用「～そばから」才對。

練習：請選出正確答案

❶ 彼は結婚した｛なり・とたん｝、態度が変わった。

❷ 事務所を出る｛なり・とたん｝、彼女はわっと泣き出した。

❸ 年のせいか、最近は習う｛そばから・うどんから｝忘れてしまう。

❹ 彼女は彼の顔を見る｛なり・そばから｝、怒り出した。

❺ 会った｛そばから・とたん｝、彼のことが好きになりました。

❻ 片付けた｛そばから・とたん｝弟が汚すので、部屋はいつも汚い。

解答＋關鍵字提示

❶ **とたん**（他一結婚態度就變了。）

「結婚した」是た形，無論如何，就是不能接「なり」，所以答案必須是「とたん」。

❷ **なり**（一出辦公室，她就哇的哭了出來。）

「出る」是辭書形，無論如何，就是不能接「とたん」，所以答案必須是「なり」。

❸ **そばから**（大概是年紀的關係吧，最近一學就忘。）

既然都已經怪年紀了，人無法返老還童，青春小鳥一去也不會再回來，大腦的退化是不可逆的，吃再多銀杏也沒用，面對現實使用「そばから」吧！咦？什麼是「うどんから」？就是烏龍麵啊，這可是「そばから」的經典考法，檢定真的這樣考過喔！

❹ **なり**（她一看他就發起了脾氣。）

既然有可能看到一次打一次，也有可能看到一次氣一次，但是語尾出現過去式表示這是單一事件而非常態，所以應該要使用「なり」才恰當。

❺ **とたん**（一見面，就喜歡上他了。）

喜歡一個人不會是天天重新喜歡一次，又不是我的失憶女友，也不會是海馬迴受損，所以應該使用適合單一事件的「とたん」。

❻ そばから（一整理好弟弟就弄髒，所以房間總是很髒。）

「片付けた」是た形，有可能接「そばから」也有可能接「とたん」，但是後面有關鍵字「いつも」，既然是「總是」，表示應為反覆的行為，所以應該使用「そばから」才正確。

第 11 課

雖然但是的馬後炮

〜ものの／〜ものを

▶ 言^いってくれれば、お金^{かね}を貸^かしてあげたものを、どうして言^いわなかったの。

跟我說的話我就借錢給你了呀，為什麼不說呢？

老師您好，我記得「〜ものの」是「雖然〜但是〜」的意思，所以這個句子接「〜ものの」應該沒有問題吧？

唉呀，有問題就早點跟我説呀！日檢都快到了，現在怎麼來得及呀？而且你明明報的是 N1，為何心裡想的總是 N2 呢？

「〜ものの」：雖然〜但是〜

　　「〜ものの」和「〜ものを」的確都是逆態接續沒錯，但是會分不出來絕對不是因為分屬 N2 和 N1 範圍的句型，而是對於逆態接續的基本用法不夠熟悉。換句話說，你不是因為不會 N2 和 N1 而不會，而是因為不會 N5 和 N4 而不會，慘吧！

❶ 雨^{あめ}が降^ふるが、行^いきます。
雖然會下雨，不過我會去。

❷ 雨^{あめ}が降^ふっても、行^いきます。
就算會下雨，我還是要去。

❸ 雨^{あめ}が降^ふるのに、行^いかなければなりません。
明明會下雨，還是不去不行。

逆態接續的基本用法可分「～が」、「～ても」、「～のに」三類，最基本的是「～が」類，包含「～けど」、「～けれど」這些用法，這是最基本的逆態接續，單純表示後面是前面相反的價值。以例句 ❶ 來解釋，下雨天不出門是很正常的狀況，可是他卻要在下雨天出門，這就是一種逆態關係。使用了「～が」的這個句子說起來四平八穩、平鋪直敘，沒什麼特別的言外之意。

　　第二類則是「～ても」類，是屬於逆態假定類。以例句 ❷ 來解釋，說話的時候並不知道天氣狀況會如何，也許會下雨、也許會是好天氣，但是使用了「～ても」就表達了不管下雨還是好天氣他都會去，間接傳達出強烈的意志性。

　　第三類則是「～のに」類，是帶有遺憾、不滿、懊惱、悔恨等負面感覺的逆態接續，N3 的「～くせに」也是類似的用法。以例句 ❸ 來解釋，說話者對於這件事感到不滿，顯然他不願意在雨天出門。也因此，句尾就不適合以主動語尾「行きます」結束，而是改以義務句型「～なければなりません」才能和「～のに」配合，表示他不想去還是得去的不滿心情。

---

❹ 大学は出たものの、仕事がない。
　　雖然大學畢業了，但是沒有工作。

❺ 新しい帽子を買ったものの、使う機会がない。
　　雖然買了新帽子，但是沒有使用的機會。

　　「～ものの」是屬於平鋪直敘的「～が」類，用來表示前面是事實，但是卻沒有從這個事實導出應有的結果。以例句 ❹ 來說，表示接受了高等教育卻沒有符合一般期待地找到工作；以例句 ❺ 來說，買了帽子當然就要戴，可是卻沒有機會戴。這就是所謂的沒有從這個事實導出應有的結果。

「～ものを」：明明～、～啊

　　如果說「～ものの」是屬於「～が」類的逆態接續，那「～ものを」是屬於哪一類的逆態接續呢？先看一下下面這兩個例句吧！

❻ 知らせてくれれば駅まで迎えに行った<u>ものを</u>、どうして知らせてくれなかったの。

　　如果跟我說的話，我就去車站接你，為什麼不說呢？

❼ 来る前に電話をすればよかった<u>ものを</u>、しなかったので先生に会えなかった。

　　如果我來之前打通電話就好，就是因為沒打，所以沒能見到老師。

　　例句 ❻ 是「～ものを」最典型的說法，簡單來說就是馬後炮，唉呀，你怎麼不早講呀！既然是馬後炮，就是一種遺憾感，也就是帶有說話者負面感覺的「～のに」類。例句 ❼ 雖然不是對他人行為的馬後炮，不過從「～ばよかった」（要是～就好了）這個結構來判斷，也是帶有遺憾的語氣，差別只是這句話是對自己行為的懊惱。因此也符合「～のに」類的負面感覺，所以也適合使用「～ものを」。

　　「～ものを」和「～ものの」都是逆態接續，不過一個是「～のに」類、一個是「～が」類，這就是這兩個句型最大的差異。一開始的「如果跟我說的話我就借錢給你了，怎麼不說呢？」這句話當然不符合「～ものの」所謂的「沒有從前面的事實導出應有的結果」，而是非常非常明顯的馬後炮，當然要用「～ものを」才是正確的。

❽（✕）言ってくれれば、お金を貸してあげた<u>ものの</u>、どうして言わなかったの。

❾（〇）言ってくれれば、お金を貸してあげた<u>ものを</u>、どうして言わなかったの。

　　跟我說的話我就借錢給你了呀，為什麼不說呢？

也因為「～ものを」和「～のに」本是同根生，「～ものを」也有「～のに」的一個很特別的功能，那就是只講前半句、不講下半句。畢竟都已經明確帶有遺憾、悔恨、懊惱、責怪等等負面的感覺了，後面的話說與不說，有時真的沒差了。就像例句 ⑩ 也許就適合媽媽要你去跟樓下的鄰居阿姨講件事情，可是你心不甘情不願的碎碎唸「明明打個電話就好了呀……」，利用「～のに」表達出不滿的情緒；例句 ⑪ 也許就是等你到了樓下，樓下的鄰居阿姨跟你說「唉呀，打通電話就好了……（還特地跑下來講）」，利用「～ものを」對你特地進行的行為表達出了遺憾感。這個時候可以改成「～ものの」嗎？當然不行，完全沒有它使用的餘地呀！

⑩（〇）電話ぐらいすればいい<u>のに</u>……。
　　　　明明打個電話就好了呀……。

⑪（〇）電話ぐらいすればいい<u>ものを</u>……。
　　　　打通電話就好了……（還特地來）。

⑫（×）電話ぐらいすればいい<u>ものの</u>……。

練習：請選出正確答案

❶ その本は買った {ものの・ものを}、まだ読んでいない。

❷ 上司に相談すればすぐに解決できた {ものの・ものを}、どうして一人で悩んでいたの。

❸ リモコンのスイッチを入れた {ものの・ものを}、エアコンが動かない。

❹ 文句があるならはっきり言えばいい {ものの・ものを}、なぜ黙っていたんだ。

❺ 免許は取った {ものの・ものを}、ほとんど運転しません。

❻ 言ってくれれば、あの人の電話番号を教えてあげた {ものの・ものを}。

解答＋關鍵字提示

❶ ものの（那本書我買了，但是還沒看。）

要看的書才會買，所以買了卻沒看就應該用「～ものの」。

❷ ものを（明明跟主管討論就能立刻解決，你之前為什麼要一個人煩惱呀！）

「你之前為什麼要一個人煩惱」是馬後炮無誤，請選「～ものを」。

❸ ものの（按了遙控器的開關，但是空調沒有運轉。）

按下遙控器空調就應該運轉，所以沒有運轉就應該用「～ものの」。

❹ ものを（如果有怨言講清楚就好，為什麼之前都默不作聲？）

「為什麼之前都默不作聲」是馬後炮無誤，請選「～ものを」。

❺ ものの（駕照雖然考到了，但是我幾乎都不開車。）

有需要開車才需要考駕照，所以有駕照卻不開車就應該用「～ものの」。

❻ ものを（跟我説的話，我就告訴你那個人的電話號碼了呀！）

「～ものの」和「～ものを」只有「～ものを」可以出現在句尾，所以答案是「～ものを」。

第 12 課

雖小的是誰

〜ながらに／〜ながらも

▶ 狭いながらも、やっと自分の家を買った。
雖然很小，但是終於買了自己的房子。

 老師您好，我知道「〜ながら」這個句型 N5 就應該會，可是 N1 的「〜ながらに」和「〜ながらも」我真的不會分呀！

 同學，沒問題。我先請教你一個問題，什麼動物最倒楣？答案是麻雀，因為麻雀雖小。而這個句子裡，雖小的是房子。你不會分的就是「〜ながらに」和「〜ながらも」哪一個雖小……呃，老師的意思是哪一個適合雖小？

「〜ながらに」：表示狀態持續

　　「〜ながらに」和「〜ながらも」的確來自於「〜ながら」。老師稱「〜ながら」為日檢界的常青樹，因為從 N5 到 N1 都有它的影子。如果把日文分成初、中、高三級的話，N5 和 N4 屬於初級、N3 和 N2 屬於中級、N1 屬於高級。初級階段的「〜ながら」就是一般的動作同時進行，前後兩個行為都是動作性動詞，次要動作在前、主要動作在後，常翻譯為「一邊〜一邊〜」，例句 ❶ 就是典型說法。

❶ 歌を歌いながら、踊る。
　　一邊唱歌一邊跳舞。

　　到了中級階段之後，「〜ながら」出現了例句 ❷ 和例句 ❸ 這兩個變化。雖然廣義上來說還是兩個動作同時進行，但是例句 ❷ 變成了一個是動作性動詞、一個

是狀態性動詞，由於主要動作在後、次要動作在前這個基本原則，狀態性動詞通常會在前、動作性動詞通常在後，表示在某個狀態之下進行某件事。例句 ❷ 翻譯時雖然還是可以利用「一邊～一邊～」說成「一邊說一邊哭」，但是「哭著說」顯然是比較恰當的說法，這樣也比較能反應出前面狀態的持續。

❷ 涙を流しながら、言う。

哭著説。

❸ 知っていながら、言わない。

我雖然知道，但卻不説。

中級階段的第二個變化也就是例句 ❸ 這種逆態接續用法，還是兩個動作同時進行、也一樣前面是狀態性動詞後面是動作性動詞。但因為兩個行為帶有逆態關係（後者為前者的相反價值），一般就直接歸納為逆態接續句型了。也因此例句 ❸ 這種說法就常翻譯為「雖然～但是～」。

到了高級階段，「～ながら」就從同時扮演狀態持續和逆態接續分道揚鑣為「～ながらに」扮演狀態持續、「～ながらも」扮演逆態接續的功能。一個句型能分化為兩個句型最大的原因就是文法化、成語化的結果。原本連接「～ながら」是以動詞ます形為主，現在的「～ながらに」前面也常常出現一些固定的名詞，例如例句 ❷ 裡的「涙を流しながら」就可以直接變成「涙ながらに」構成例句 ❹ 這個說法。

❹ 被害者は、涙ながらに真実を語った。

受害者流著眼淚説出真相。

❺ 昔ながらの駄菓子が懐かしい。

很懷念傳統的糖果點心。

大家要注意的是，「～ながら」變成「～ながらに」其實是一個「副詞化」的結果，原本扮演接續助詞的「～ながら」因為前面接了一些固定的詞彙，索性就加上「に」來修飾後面的行為。也因此，「～ながらに」也就不會只有「～ながらに」，還衍生了「～ながらの」這個修飾名詞的說法。就像例句 ❺ 的「駄菓子」前面就應該接「の」而不是接「に」喔！

「～ながらも」：表示逆態接續

　　既然前面老師已經破梗了，那就直接來吧！「～ながら」分流為「～ながらに」和「～ながらも」之後，「～ながらに」表示狀態持續、「～ながらも」表示逆態接續，所以這裡的麻雀……不是，是這一個句子的「雖小」要用的當然是「～ながらも」，不可以用「～ながらに」。而且各位應該也注意到了，平常都是動詞ます形加上「～ながら」這個連接方式居多，現在就連形容詞都可以接了喔！

❻（×）<ruby>狭<rt>せま</rt></ruby>いながらに、やっと<ruby>自分<rt>じぶん</rt></ruby>の<ruby>家<rt>いえ</rt></ruby>を<ruby>買<rt>か</rt></ruby>った。

❼（○）<ruby>狭<rt>せま</rt></ruby>いながらも、やっと<ruby>自分<rt>じぶん</rt></ruby>の<ruby>家<rt>いえ</rt></ruby>を<ruby>買<rt>か</rt></ruby>った。
　　　　雖然很小，但是終於買了自己的房子。

　　前面提到高級階段的「～ながら」分道揚鑣為「～ながらに」和「～ながらも」。「～ながらに」是來自於中級階段狀態持續，「～ながらも」則是來自於例句 ❸ 所提到的中級階段的逆態接續功能。既然是逆態接續，重點當然就是後者是前者相反的價值，例句 ❼ 表示了小歸小，但還是自己的家；例句 ❽ 表示了明知不行但還是說了；例句 ❾ 表示儘管不願意但還是做了。除了常翻譯為「雖然～但是～」，老師還蠻喜歡中文「儘管～但是～」這個表達方式。

❽ いけないと<ruby>思<rt>おも</rt></ruby>いながらも、つい<ruby>言<rt>い</rt></ruby>ってしまった。
　　儘管知道不可以，但還是不小心説了。

❾ その<ruby>子<rt>こ</rt></ruby>は、いやいやながらも、<ruby>宿題<rt>しゅくだい</rt></ruby>を<ruby>始<rt>はじ</rt></ruby>めた。
　　那孩子儘管心不甘情不願，但還是開始寫作業了。

　　前面提到「～ながらに」和「～ながらも」這兩個高級用法其實就是「～ながら」句型成語化的結果，也就是如果把「に」和「も」去掉的話，根本沒什麼好區分的。因此測驗時大概都會是以幾個慣用說法作為出題的重點，例如「～ながらに」就會用到「<ruby>涙<rt>なみだ</rt></ruby>ながらに」（哭著～）、「<ruby>昔<rt>むかし</rt></ruby>ながらに」（自古以來～）、「<ruby>生<rt>う</rt></ruby>まれ

ながらに」（天生的～）、「家<ruby>いえ</ruby>にいながらに」（儘管人在家中～）。如果是測驗「～ながらも」的話，除了可以表示麻雀雖小的「狭<ruby>せま</ruby>いながらも」以外，「残念<ruby>ざんねん</ruby>ながらも」（很遺憾～）、「今<ruby>いま</ruby>さらながらも」（事到如今～）也都是常見的慣用說法喔！

💬 練習：請選出正確答案

❶ 大学新入生の生活は、毎日緊張し {ながらに・ながらも}、充実しています。

❷ 彼女は自らの不幸な過去を涙 {ながらに・ながらも} 語った。

❸ 子ども {ながらに・ながらも}、道に倒れていた友だちを助けた。

❹ ネットを使って家に居 {ながらに・ながらも} お小遣いが稼げる。

❺ あの人は生まれ {ながらに・ながらの} 歌を歌うのが上手だ。

❻ あの人は生まれ {ながらに・ながらの} 優れた才能に恵まれている。

📝 解答＋關鍵字提示

❶ ながらも（大學新鮮人的生活，儘管每天都很緊張，但是很充實。）
緊張和充實具有逆態關係，應使用「～ながらも」。

❷ ながらに（她流著眼淚訴説著自己不幸的過去。）
流著眼淚和説話是狀態持續的關係，應使用「～ながらに」。

❸ ながらも（儘管是個孩子，他救了倒在路上的朋友。）
孩童和救人具有逆態關係，應使用「～ながらも」。

❹ ながらに（用網路就可以人在家中賺點小錢。）
人在家中和賺錢是狀態持續的關係，應使用「～ながらに」。

❺ ながらに（那個人天生就很會唱歌。）
這裡的「生まれながら」是修飾「歌を歌うのが上手だ」這件事，所以要接「に」。

❻ ながらの（那個人有著與生俱來的優秀才華。）
這裡的「生まれながら」是修飾「才能」這個名詞，所以要接「の」。

第 13 課

好不快活

〜んがために／〜んばかりに

▶ あのケーキはイチゴがこぼれんばかりに乗っていておいしそうだ。

那個蛋糕上放著快要滿出來的草莓，看起來好好吃。

🔊 13

老師，那個蛋糕是「因為」草莓多到爆，所以好吃對吧？好吧，說實話，我這句根本看不懂，亂講的……

沒關係，這一題就不怪你了，因為你不小心踏中了日檢的 N1 地雷。這兩個句型是 N1 的魔王關，遇上它們，很少人可以活著出來……不過聽說有不少同學 N1 是睡到出來啦！

好不快活

差點沒死掉

　　討論這兩個句型之前，我們先想兩句話，「好不快活」到底是快活還是不快活呢？「差點死掉」和「差點沒死掉」有什麼不一樣呢？如果這兩個中文問題解決不出來，那我們也很難進行接下來的日文討論了吧！

　　「好不快活」當然是「快活」，但是和「好快活」有什麼不同呢？簡單來說，就是「好不快活」比「好快活」快活。這是因為「好快活」是「快活」加上程度副詞「好」，是個平鋪直敘的說法；「好不快活」卻是加上「好不」，其實就是「沒有比這個更快活」的這種強調說法，因此我們可以得到一個結論，那就是否定語未必就是否定，有可能構成一種強調的說法。

　　第二個問題可能你我之間就存在著時代的差異了，老師小學時為了「差點沒死掉」這種說法不知道月考被扣了多少分，我小時候真的也搞不懂，但是學校又一定

會考。結果你們已經不用學了，可是現在也搞不懂了。以現代文來說，「差點死掉」當然是正確的說法，但是以前不行，就是因為這句話帶了點遺憾感「唉呀，真可惜，差點死掉！」很顯然適合說這句話的，只有失敗的殺手。我們不希望死掉，所以不能說「差點死掉」，要說「差點沒死掉」。因此我們可以得到第二個結論，那就是否定語未必就是否定，可能表達某件不好的事情差一點就發生了。

我覺得人生最遺憾的是，當我長大成為語言專家後，好不容易搞懂了以前不會的話語，但是它已經死掉，成為死語了。真是不勝唏噓……

「～んがために」：為了～（表示目的）

動詞ない形 （～ない） ＋ んがために

（します → せんがために）

我們就回到正題吧！先記住前面說的，否定語可能不是真的否定，而是帶有強調之意。那我們就先從簡單的來，「～んがために」表示目的，「～ん」的前面接的是動詞ない形不含「ない」。聽起來很矛盾「動詞ない形不含ない」？其實換個角度大家就懂了，「～ない」的羅馬拼音是「～ nai」，所以雖然語尾變化的解釋必須說成「動詞ない形不含ない」，但其實只是把「～ない」最後的兩個母音「a」和「i」省略，既然「～ nai」變成了「～ n̶a̶i̶」，只留下了「n」，就以「ん」來表示就可以了。

解決了「～んがために」裡最怪異的「～ん」之後，剩下的「が・ために」就輕鬆了。「が」算助詞，但不要管它是什麼，它就像是例句 ❶ 裡用到的句型「～たが最後」（～之後）裡的「が」，以及例句 ❷ 裡用到的句型「～がゆえに」（因為～）裡的「が」，都是古文留下的餘孽……呃……是餘韻啦！留著就好，不用管它。

❶ うちの子は遊びに出たが最後、深夜まで戻ってこない。

我家的小孩一旦出去玩，不到半夜是不會回來的。

❷ 英語を知らなかったがゆえに、誤解された。

因為不懂英文而遭到誤解了。

「ために」是哪一個用法呢？還是我應該問，哪些句型裡會出現「～ために」你知道嗎？再簡單一點好了，例句 ❸ 和例句 ❹ 的「～ために」相同嗎？

❸ 父が死んだために、生活が苦しくなった。

因為父親過世了，所以生活變得困苦。

❹ 日本語を勉強するために、辞書を買った。

為了學日文而買了字典。

老師還是不為難大家了，例句 ❸ 的「～ために」用來表示原因；例句 ❹ 的「～ために」則是用來表示「目的」。表示目的的「～ために」有一個很大的限制，那就是前後兩個子句必須是同一個人的動作，以例句 ❹ 來說，讀日文和買字典一定是同一個人的行為。

❺ あのころは生きていかんがために、必死で働いていたのだ。

那個時候為了活下去而拼命地工作。

❻ あの人は勝たんがために、どんなひどいことでもする。

那個人為了獲勝，什麼卑鄙的事都會做。

掃除了一切障礙之後，終於可以開始解釋「～んがために」了。這個句型裡的「～ために」是用來表示目的的「～ために」，前面的「～ん」就是為了強調執行該行為的強烈意志性。因此「～んがために」如果直譯的話，就像中文說成「不就是為了～」。當然，實際翻譯時，只要理解是表示目的的強調說法就可以了，因此還是像例句 ❺ 和例句 ❻ 一樣，加上「為了～」就可以了。

「～んばかりに」：快要～（表示差點發生）

動詞ない形 （～ない） ＋ んばかりに
（します → せんばかりに）

　　「～んがために」清楚了，「～んばかりに」也就不難了。這個句型裡的「～ん」一樣指的是動詞ない形，功能不是否定，而是我們一開始說的第二個特殊否定概念，表達某件的事情差點發生。後面的「～ばかりに」當然是來自於表示程度的「～ばかり」，構成「～ばかりに」之後，在這裡除了有表示程度的功能外，也類似比喻的「～ように」，因此「～んばかりに」的意思就是「快要～」、「差點就要～」。

---

❼ 大学院の入学試験の発表を見て、陳さんは飛び上がらんばかりに喜んだ。
　　看到研究所的榜單，陳同學高興得差點跳了起來。

❽ その赤ちゃんは、今にも泣きださんばかりの顔をした。
　　那個小寶寶露出了就快哭出來的表情。

　　例句 ❼ 裡的陳同學有沒有跳起來（飛び上がる）？當然沒有，只是開心得就差沒跳起來，所以為了表示「喜んだ」的程度，就在前面加上「飛び上がらんばかりに」。例句 ❽ 的小寶寶有沒有哭？至少這句話裡還沒有，只是差一點點哭了，或者也可以說成就差沒哭出來。有沒有發現？中文變好之後，日文也變靈光了，跟吃了撒尿牛丸一樣厲害呀！

---

❾（×）あのケーキはイチゴがこぼれんがために乗っていておいしそうだ。

❿（○）あのケーキはイチゴがこぼれんばかりに乗っていておいしそうだ。
　　那個蛋糕上放著快要滿出來的草莓，看起來好好吃。

　　好啦，終於可以討論一開始超詭異的這句話了。既然我們說過「～んがために」是表示目的而非表示原因，使用了「～んがために」的例句 ❾ 這個說法就應該先排除了，因為「こぼれる」是個純狀態自動詞，不可能跟人為動作有關，當然完全不可能接「～んがために」。正確的說法是用了「～んばかりに」的例句 ❿，你看，草莓多到就快滿出來，多麼生動的比喻不是嗎？

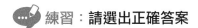 練習：請選出正確答案

❶ あの人は子どもを救わ {んがために・んばかりに} 亡くなってしまった。

❷ あの人は泣きださ {んがために・んばかりに} 病気の時の辛い経験を話した。

❸ スピーチが終わると、われ {んがための・んばかりの} 拍手が会場を包んでいた。

❹ 今にも大雨が降りださ {んがための・んばかりの} 空模様だ。

❺ 真実を明らかにせ {んがために・んばかりに}、あの人はあらゆる手段を尽くした。

❻ その知らせを聞いて、彼は走りださ {んがために・んばかりに} 慌てていた。

📝 解答＋關鍵字提示

❶ **んがために**（那個人為了救孩子而死掉了。）

　　救人是目的而不是差一點發生的事，因此應該選「～んがために」。

❷ **んばかりに**（那個人露出快哭的表情訴説生病時的痛苦經歷。）

　　那人沒有哭，只是差點哭出來，所以應該選「～んばかりに」。

❸ **んばかりの**（演講一結束，會場響起了如雷的掌聲。）

　　「割れる」（破掉）是狀態性詞彙，不可能表示人為目的，所以應該選「～んばかりの」。

❹ **んばかりの**（現在天空看起來就要下大雨了。）

　　「降りだす」（下起雨）是自然現象，不可能表示人為目的，所以應該選「～んばかりの」。

❺ **んがために**（為了弄清真相，他用盡了一切手段。）

　　找出真相是目的而不是差一點發生的事，因此應該選「～んがために」。

❻ **んばかりに**（聽到那個消息，他慌張得快要拔腿狂奔。）

　　那人沒有跑，只是差點跑起來，所以應該選「～んばかりに」。

第 14 課

是哪種「不顧」

🎧14

～をよそに／ ～をものともせずに

▶ 消防士たちは危険をものともせずに、火の中に飛び込んでいった。

消防員們不顧危險，衝進火場。

 老師您好，「消防員們不顧危險，衝進火場。」這句話既然是「不顧」，那就應該用「～をよそに」説成「消防士たちは危険をよそに、火の中に飛び込んでいった」吧？

 你要説就説呀！不過如果消防員工會抗議的話，我也救不了你。你每天看著那些精壯的消防猛男月曆流口水是你家的事，他們是冒險犯難，才不是有勇無謀。

「～をよそに」：不管～、不顧～、不在意～（表示馬耳東風）

名詞 ＋ をよそに

我們要來拆拆看了，句型是文法化的結果，所以即使是很困難的 N1 句型，你只要能夠切割好，也就是斷句正確的話，句型的意義常常可以略知一二喔！略知一二，這麼少？老師是說得客氣了一點，如果單字和文法配合得宜，大概可以懂個八成吧！

を・余所・に ➡ をよそに

接下來就表演一段庖丁解牛了，「～をよそに」是由「を・よそ・に」這三個結構組成的，一個名詞、兩個助詞。先從名詞開始，幫「よそ」加上漢字看看，「よそ」漢字寫做「余所」，意思是「其他地方」。接下來是助詞「を」和「に」，大家應該注意過，很多句型都是由這兩個助詞所組成的，這是因為表示受詞的「～を」和表示歸著點的「～に」一起出現之後，意思已經變得很明確，動詞就往往變得不需要了。當句子已經出現了「～を～に」這個結構時，「～を」前面的東西一定會「跑到」「～に」的前面，當然這裡的「跑到」也可以說「變成」。所謂的「跑到」或是「變成」，其實指的就是只要出現了「A を B に」結構，就會發生一個物理上的移動或是化學上的變化，「A」就變成「B」了。

❶ 親の心配をよそに、あの子はテレビゲームに熱中している。

不顧父母的擔心，那孩子沉迷於電玩。

❷ 住民の反対をよそに、工場が建設されることになってしまった。

不顧居民的反對，確定要蓋一間工廠了。

有點抽象對吧？因為我們還沒有把名詞「よそ」放進「A を B に」這個結構裡。既然「よそ」是「其他地方」，那麼放入「A を B に」後構成的「A をよそに」就成為「把 A 放到其他地方」的意思。例句 ❶ 的「親の心配をよそに」直譯的話就是「把父母的擔心放到其他地方」；例句 ❷ 的「住民の反対をよそに」就會是「把居民的反對放到其他地方」。當然，這邊的放到其他地方當然不是真的放到一個「地方」，其實就像我們中文「耳邊風」的概念。你把老師的話當耳邊風就是老師跟你講話你卻不聽。因此「～をよそに」就有「不管～」、「不顧～」、「不在意～」的意思。

❸ ？消防士たちは危険をよそに、火の中に飛び込んでいった。

~~消防員們不顧危險，衝進火場。~~（中文似乎無誤，日文其實有誤）

這樣大家就知道為什麼一開始的這句話儘管用到了「不顧～」，翻譯為「消防

員們不顧危險，衝進火場。」還是不恰當了吧？難道是現場指揮官要求大家待命，可是他們卻抗命衝入火場嗎？當然不是！

「～をものともせずに」：不管～、不顧～、不在意～（表示不畏艱難）

名詞 ＋ をものともせずに

接著來看看這個句型……嗯，好的，非常好，它也是「不管～」、「不顧～」、「不在意～」，然後同學們的狀態就顯示為放棄。怎麼可以放棄呢？既然已經走上學日文這條路、踏上 N1 這條不歸路（咦？），我們應該克服一切困難、不畏艱難走下去不是嗎？老師會陪著你的。

不管了，我們繼續拿出菜刀切切切吧！「～をものともせずに」真的就不好切了，等級不夠的話還不知道要怎麼下刀，切成「を・もの・と・も・せずに」這樣，大家還滿意嗎？

を・もの・と・も・せずに ➡ をものともせずに

這樣看得懂嗎？「を・もの・と・も・せずに」裡面有一個名詞「もの」和三個助詞「を」、「と」、「も」，還有一個動詞「せずに」。名詞「もの」是物品、東西的意思，動詞「せずに」其實就是「しないで」，既然有典型他動詞「する」的否定「しないで」，表示受詞的「を」的存在就是理所當然了。那剩下的「と」和「も」呢？「と」是格助詞、「も」是副助詞，當然是先討論比較關鍵的格助詞「と」。

～を～に ≒ ～を～と

前面我們討論過「AをBに」結構出現時帶有「把A弄成B」的意思，其實「AをBと」有著類似的功能，所以如果用「≒」（約）這個數學符號表示的話，就是「～を～に」≒「～を～と」。這是因為「～に」是歸著點，而「～と」是內容，既然是內容，也就包含了結果狀態，所以有著和歸著點很類似的功能。因此如果先不談「も」，那麼「Aを・もの・と・~も~・せずに」這個結構不就是「不把A當成東西」嗎？然後再補上「も」之後，「Aをものともせずに」就是「也不把A當成東西」，因此這個句型直譯為中文時，就是「也不把～當作一回事」的意思。

---

❸（？）消防士たちは危険<ruby>危険<rt>き けん</rt></ruby>をよそに、火<ruby>火<rt>ひ</rt></ruby>の中<ruby>中<rt>なか</rt></ruby>に飛<ruby>飛<rt>と</rt></ruby>び込<ruby>込<rt>こ</rt></ruby>んでいった。

❹（○）消防士<ruby>消防士<rt>しょうぼう し</rt></ruby>たちは危険<ruby>危険<rt>き けん</rt></ruby>をものともせずに、火<ruby>火<rt>ひ</rt></ruby>の中<ruby>中<rt>なか</rt></ruby>に飛<ruby>飛<rt>と</rt></ruby>び込<ruby>込<rt>こ</rt></ruby>んでいった。
消防員們不顧危險，衝進火場。

大家現在懂了吧！即使「～をよそに」和「～をものともせずに」的中文翻譯一模一樣，但是背後的意思卻是天差地遠。如果是例句 ❸ 裡的消防員們，可能是有勇無謀，自尋死路；但如果是例句 ❹ 裡的消防員罹難，理應依照公務員撫卹法第五條裡的「因冒險犯難或戰地殉職」，加發百分之五十之一次性撫恤金才對呀！因為「危険<ruby>危険<rt>き けん</rt></ruby>をものともせずに」就清清楚楚表示了不把危險當作一回事，那不是冒險什麼才是冒險？唉，雖然舉了這些例子，但老師還是衷心希望所有消防員們都平平安安好嗎？

---

❺ 船<ruby>船<rt>ふね</rt></ruby>は嵐<ruby>嵐<rt>あらし</rt></ruby>をよそに、出航<ruby>出航<rt>しゅっこう</rt></ruby>した。
船隻不管有暴風雨就出航了。

❻ 船<ruby>船<rt>ふね</rt></ruby>は嵐<ruby>嵐<rt>あらし</rt></ruby>をものともせずに、出航<ruby>出航<rt>しゅっこう</rt></ruby>した。
船隻不畏暴風雨而出航了。

大家現在應該知道「～をよそに」和「～をものともせずに」這兩個句型也未必不能互換，在沒有前後文的前提之下，例句 ❺ 和例句 ❻ 都是正確的。但是例句

❺ 的背後也許就有著都已經發布颱風警報了怎麼還出海的意思；例句 ❻ 的背後也許是發生了船難或是海上墜機，所以海巡人員冒著風雨還是前去搜救的意思。

---

❼ 周囲の反対をよそに、二人は結婚した。

不顧周圍的反對，兩個人結婚了。

❽ 周囲の反対をものともせずに、二人は結婚した。

不顧周圍的反對，兩個人結婚了。

　　儘管有些時候我們會建議同學幾個關鍵字，如果是「反対」、「抗議」、「心配」這些詞彙就加上「～をよそに」；如果是「危険」、「攻撃」、「けが」這些詞彙就加上「～をものともせずに」。不過大家還是要注意有些時候只是說話者立場不同就會有例句 ❼、例句 ❽ 這兩個說法產生，如果你是反對這門親事的人，那就要說例句 ❼，如果你是贊成這門親事的人，那就要說例句 ❽，懂了吧！

💬 練習：請選出正確答案

❶ 周囲の批判 {をよそに・をものともせずに}、兄は自分の信念を貫き通した。

❷ 弟は家族の期待 {をよそに・をものともせずに}、不安定なフリーターの生活を続けている。

❸ 生まれつきの病気 {をよそに・をものともせずに}、彼は努力して学校へ通った。

❹ 陳君は忠告 {をよそに・をものともせずに}、あの危険水域で泳いでいる。

❺ 彼女は足のけが {をよそに・をものともせずに}、オリンピックで優勝した。

❻ 大規模な反対運動 {をよそに・をものともせずに}、ミサイル発射実験は行われた。

📝 解答＋關鍵字提示

❶ をものともせずに（不在乎周遭的批評，哥哥貫徹了自己的信念。）
前面是負面的批評、後面是正面的貫徹信念，所以應該選擇不畏艱難的「をものともせずに」。

❷ をよそに（弟弟不顧家人的期待，持續著不穩定的打工族生活。）
前面是正面的期待、後面是負面的打工生活，所以應該選擇當耳邊風的「をよそに」。

❸ をものともせずに（不在意天生的疾病，他努力上學。）
前面是負面的病痛、後面是正面的努力上學，所以應該選擇不畏艱難的「をものともせずに」。

❹ をよそに（陳同學不聽忠告，在那個危險水域裡游泳。）
前面是正面的忠告、後面是負面的險地游泳，所以應該選擇當耳邊風的「をよそに」。

❺ をものともせずに（**她不在意自己的腳傷，在奧運中奪得了金牌。**）

前面是負面的腳傷、後面是正面的勇奪金牌，所以應該選擇不畏艱難的「をものともせずに」。

❻ をよそに（**不顧大規模的反對運動，舉行了導彈試射。**）

「～をよそに」最典型的用法就是民眾反對，政府、企業硬來，既然政府、企業把居民的話當耳邊風，所以應該選擇當耳邊風的「をよそに」。

第 15 課 〜はもちろん／〜はおろか

▷ 日本に三年もいるのに、漢字はおろか、ひらがなも書けない。
明明在日本有三年這麼久了，不要說是漢字，連平假名都不會寫。

老師，「〜はもちろん」是「〜不用説，甚至連〜」的意思對吧？那「漢字はもちろん、ひらがなも書けない」應該沒錯囉？

同學，「漢字はもちろん、ひらがなも書けない」這句話沒錯，但是前面出現「日本に三年もいるのに」的話，後面加上「漢字はもちろん、ひらがなも書けない」這句話有錯！哪裡錯？關鍵字是⋯⋯禮義廉。

「〜はもちろん」：〜不用説，甚至〜（強調前面不用説）

名詞 ＋ はもちろん

先從 N3 句型「〜はもちろん」討論起吧，這個句型裡面的「もちろん」是「理所當然」的意思，因此構成的這個句型意思就是前面的不用説（也知道），還包含後面程度更高（或更低）的內容。

❶ 私は天気のいい日はもちろん、雨の日でも自転車で通勤している。
好天氣不用説，就算下雨天我也騎自行車上班。

❷お正月だから、観光地はもちろん、デパートも人でいっぱいだ。

因為是過年，所以觀光區不用説，百貨公司也人很多。

　　舉例來說，好天氣騎自行車上班很正常，但是下雨天也騎自行車上下班就難得了，所以就會構成例句 ❶ 這個說法。以例句 ❷ 來說，年假走春理所當然，但現在大家也會就近到百貨公司逛街、吃飯，所以「観光地」在前、「デパート」在後也很合理。

- -

❸（？）日本に三年もいるのに、漢字はもちろん、ひらがなも書けない。

明明在日本有三年這麼久了，不要説是漢字，連平假名都不會寫。（怎麼樣，厲害吧，三年都還學不會）

❹（○）日本に来たばかりだから、漢字はもちろん、ひらがなも書けない。

因為我才剛來日本，所以不用説漢字，連平假名都不會寫。

　　可是例句 ❸ 就不太合理了吧？就算三歲小孩都已經學會講話了，哪有在日本三年還不會寫平假名的道理？既然沒道理，就不能說是理所當然。所以如果要改成對的，就應該讓這件事變得合理一些。例如改成例句 ❹ 怎麼樣？既然剛到日本，不管不會漢字還是不會平假名，是不是一切都變得理所當然了？

「〜はもとより」：〜不用説，甚至〜（強調再加上很多）

名詞 ＋ はもとより

　　既然講到了 N3 的「〜はもちろん」，不說說 N2 的「〜はもとより」總覺得怪怪的。這兩個句型功能非常接近，一般都是簡單解釋兩者的差異在於「〜はもちろん」是口語說法、「〜はもとより」是書面語說法。其實如果從「もとより」原本的意義，更能夠看出兩者真正的差異。「もと」來自於「元」這個字，表示根源，「より」則用來表示起點。因此構成句型「〜はもとより」後，有著「從〜開始（其

他還有許多）」這個概念。

---

❺（○）タイ旅行は台風で、泳ぐことはもちろん、買い物もできなかった。
　　泰國之旅因為颱風，不用説是游泳，連購物都不行。

❻（○）タイ旅行は台風で、泳ぐことはもとより、買い物もできなかった。
　　泰國之旅因為颱風，不用説是游泳，連購物都不行。

　　從上面兩個句子來看，使用了「～はもちろん」例句 ❺ 表達了颱風到來不能游泳就算了，連血拼都不行了；例句 ❻ 則表達了從游泳到購物等等行程都受到了影響，游泳是最基本的，而且有可能不只購物，連其他觀光景點都不能去了。也因為這樣的差異，如果要說這個綜合維他命從維他命 C 到其他各種維生素都有的話，就會像例句 ❼ 這樣，使用「～はもとより」就會比「～はもちろん」好一些。當然，如果你執意使用「～はもちろん」，我也不能說你錯。

❼ このビタミン剤にはビタミン C はもとより、ビタミン B1、B2 などが含まれている。
　　這個維他命從維他命 C 到維他命 B1、B2 都有。

「～はおろか」：～不用説，甚至～（強調不好的狀況）

名詞 ＋ はおろか

　　最後終於可以進入到 N1 的「～はおろか」，這個句型會需要和 N3 的「～はもちろん」和 N2 的「～はもとより」一起討論的原因當然是基本翻譯都是「～不用説，甚至～」。而且因為「甚至～」這個結構，使得構成句子之後，後半子句常會有「も」、「まで」、「さえ」、「すら」等等表示「也」、「連」的副助詞，意思也就成為「～不用説，甚至～也」、「～不用説，甚至連～」、「～不用説，甚至還～」。

〜はもちろん

〜はもとより　　　　＋　　　　も・でも・さえ・すら

〜はおろか

　　　雖然這三個句型的意思和結構都很類似，不過「〜はおろか」和「〜はもちろん」以及「〜はもとより」的差異其實很明顯，那就是「〜はおろか」主要用來強調不好的事情。

---

⑧（？）祖父は外国旅行はもちろん、国内旅行さえもほとんど行ったことがない。

⑨（○）祖父は外国旅行はおろか、国内旅行さえもほとんど行ったことがない。
　　　祖父不要說外國旅遊了，連國內旅遊都幾乎沒去過。

　　　大家看一下例句 ⑧ 和例句 ⑨，例句 ⑧ 其實找不到什麼文法問題，但是就有點怪，怪在哪裡？因為把出國旅行這件事情說得理所當然。臺灣和日本都是島嶼國家，出國旅行是要花一大筆錢的，又不是在歐洲，所以沒出過國也是很正常。也因為這樣，這句話我總覺得好像有點瞧不起爺爺、覺得他是鄉巴佬、土包子的感覺。因此比較正常的說法就是例句 ⑨ 了，先舉這兩個例子就是要大家不要誤會「〜はおろか」主要用來強調不好的事情這個解釋的意思，如果換個說法，意思是說話者覺得這樣不好的意思。比起例句 ⑧，例句 ⑨ 反而傳達出祖父年紀這麼大，居然都沒有機會出去走走的孝意喔！

---

❸（？）日本に三年もいるのに、漢字はもちろん、ひらがなも書けない。
　　　明明在日本有三年這麼久了，不要說是漢字，連平假名都不會寫。（怎麼樣，厲害吧，三年都還學不會）

❹（○）日本に来たばかりだから、漢字はもちろん、ひらがなも書けない。
　　　因為我才剛來日本，所以不用說漢字，連平假名都不會寫。

❿（○）日本に三年もいるのに、漢字はおろか、ひらがなも書けない。
　　　明明在日本有三年這麼久了，不要說是漢字，連平假名都不會寫。

大家回頭看看前面的例句 ❸ 和例句 ❹，在保留「～はもちろん」的前提下，必須修改前半句，形成的例句 ❹ 才恰當。不過如果要保留前半句，那就要將「～はもちろん」改成「～はおろか」，說成例句 ❿ 才恰當喔！

練習：請選出正確答案

❶ アメリカへ旅行に行くというのに、切符 {はもちろん・はおろか}、パスポートも用意していない。

❷ 海外に行くときは、パスポート {はもちろん・はおろか}、薬も忘れないでください。

❸ あのマラソンには若者 {はもとより・はおろか}、老人、子どもまで参加した。

❹ 彼は読むことがきらいで、小説 {はもとより・はおろか}、雑誌さえほとんど見ない。

❺ 動物好きの妹は、犬や猫はもちろん、虫 {も・は} かわいがる。

❻ 私は日本酒はおろか、ビール {も・は} 飲めない。

解答＋關鍵字提示

❶ はおろか（明明要去美國玩，可是不要說是機票，連護照都還沒辦。）

逆態接續的「～のに」帶有不滿的意思，很適合和「～はおろか」一起使用。此外，要出國玩卻沒有機票、沒有護照絕對不是件理所當然的事，所以應該選「はおろか」。

❷ はもちろん（要出國玩的時候，護照不用說，也不要忘了帶藥！）

這句話沒有負面的意思，所以應該選擇「はもちろん」。

❸ はもとより（那個馬拉松年輕人不用說，連老人、小孩都參加。）

這句話沒有負面的意思，而且也符合「還有很多」的這個特殊意涵，所以應該選擇「はもとより」。

❹ はおろか（**他討厭閱讀，不要說是小說，連雜誌都幾乎不看。**）

這一題大家可能會覺得「～はもとより」為何不可了。雜誌字數少、小說字數多，所以基本的、理所當然的應該是雜誌。只是這句話是說他人不喜歡閱讀，所以此時理所當然的就是字數多的小說。另外大家也可記住一個關鍵點，那就是「～はおろか」通常會以否定結束，所以這裡應該選「はおろか」。

❺ も（**喜歡動物的妹妹，不要說是狗和貓，連小蟲子都很疼愛。**）

只要用到了「はもちろん」，後面就不能出現「は」，所以應該選「も」。

❻ も（**我不要說是日本酒了，連啤酒都不敢喝。**）

只要用到了「はおろか」，後面就不能出現「は」，所以應該選「も」。

第 16 課

〜はともかく／
〜はさておき

▶ 費用(ひよう)の問題(もんだい)はともかく、とりあえず旅行(りょこう)の目的地(もくてきち)を決(き)めましょう。

先不管費用的問題，我們先來決定去哪裡玩吧！

老師您好，我記得「〜はさておき」是「先不管〜」的意思，這一句話說成「費用(ひよう)の問題(もんだい)はさておき、とりあえず旅行(りょこう)の目的地(もくてきち)を決(き)めましょう」應該沒問題吧？

當然沒問題，不管你是郭董還是張忠謀董事長，只要你是董仔當然沒問題！但如果你只是小董、董哥的話，可能就會有點問題。

> 「〜はともかく」：姑且不論〜、先不管〜（還是要管）

名詞 ＋ はともかく

　　「〜はともかく」裡的「ともかく」本來的意思是「總之」，例句 ❶ 裡的「ともかく、行(い)ってみよう」（總之去去看吧！）就是表達了不管比賽是否照常舉行，先去球場再說；例句 ❷ 的「ともかく、味(あじ)はいい」（總之，味道不錯）雖然沒有在字面上出現前提，但顯然的就是不談外觀或是價格，只談味道。這個時候的「ともかく」跟大家比較熟悉的「とにかく」意思相同，可以互換。

❶ 雨(あめ)が降(ふ)ったら、試合(しあい)が中止(ちゅうし)になるかもしれないが、ともかく、行(い)ってみよう。

下雨的話說不定比賽會取消，不過，總之去去看吧！

❷ <u>ともかく</u>、味^{あじ}はいい。

　　總之，味道不錯。

　「ともかく」也就從表示「總之」的副詞，文法化為句型「～はともかく」，這個時候可以翻譯為「姑且不論～」、「先不管～」。這個句型前後的兩個東西、兩件事情常常帶有對比之意，所以像例句 ❸ 裡的「值段／味」以及例句 ❹ 裡的「サービス／味」都是常見的說法。

❸ あのレストランは、値段^{ねだん}はともかく、味^{あじ}はいい。

　　那家餐廳先不管它的價格，總之味道不錯。

❹ あのレストランは、サービスはともかく、味^{あじ}はいい。

　　那家餐廳姑且不論它的服務，總之味道不錯。

　　因為前後有對比之意，所以助詞的使用就很重要了，這個句型後面的助詞常常會出現「は」，一定不可能出現「も」、「まで」、「さえ」、「すら」。出現了這四劍客大家想到什麼了嗎？沒錯，要考倒大家的話，一定會把「～はともかく」和前面提過的「～はもちろん」、「～はもとより」、「～はおろか」混在一起。既然「～はともかく」後面一定不會有「も」、「まで」、「さえ」、「すら」，那就代表「～はもちろん」、「～はもとより」、「～はおろか」後面一定不會有「は」。

❺（×）あのレストランは、サービスはもちろん、味^{あじ}はいい。

❻（○）あのレストランは、サービスはもちろん、味^{あじ}もいい。

　　　那家餐廳不要說是服務，味道也很不錯。

　　大家看一下例句 ❺ 和例句 ❻，把前面的例句 ❹ 裡的「～はともかく」改成「～はもちろん」所構成的例句 ❺ 就錯了，因為還要把「は」變成「も」，也就是例句 ❻ 才是正確的說法喔！

「～はさておき」：先不管～、不要管～（不管了）

名詞 ＋ はさておき

　　「先不管這個了，你聽過安麗嗎？」啥？我只聽過 Ang Li（李安）。我們就先不管前面的「～はともかく」，接下來就先說明一下「～はさておき」，比較起這兩個句型會較輕鬆喔！一樣先來拆拆看，「～はさておき」是由「は」、「さて」、「おき」三個結構所構成的，「は」是助詞；「さて」具有換話題的功能，有時翻譯為「對了」，也有類似中文「唉呀」的意思；「おき」則是來自於表示「放置」的動詞「置きます」，在這裡的意思就是類似「擱置」。拆解完畢之後再將它們組回來之後大家就會發現不就是「唉呀，這件事就先不提了」的這個意思，也因此，「～はさておき」除了可以說成「不要管～」，中文翻譯也常說成「先不管～」喔。

---

❼ 会社の愚痴はさておき、話を本題に進めようか。
　先不抱怨公司了，我們來進入正題吧！

❽ この本は、内容はさておき、話題性はありますよ。
　這本書先不管它的內容，至少話題性十足喔！

　　接下來看一下這兩個例句，例句 ❼ 可以說是「～はさておき」這個句型最典型的用法，因為它很明確地用來換話題，前面抱怨完了公司，接下來就準備進入正題了，這種情況幾乎不會改成「～はともかく」，不過例句 ❽ 就不一定囉！例句 ❽ 用了「～はさておき」表示根本不用管內容如何，也許光是書名、題材就夠聳動、震撼。就像如果把『林老師日語診所』改成『林老師日語告別式』，是不是立刻吸引你的目光？

　　不過如果把例句 ❽ 裡的「～はさておき」改成「～はともかく」之後，說成「この小説は、内容はともかく、話題性はありますよ」倒也未嘗不可。畢竟「姑且不論」就是表示了之後「還是要論」，因此這個時候雖然中文翻譯不會有太大的不同，但是這個說法就有著「內容待會再談，不過就題材來說就很轟動」的感覺。

此外，從例句 ❽ 本身，大家應該也發現了，既然「～はさておき」表示了不談前面、要談後面的內容，所以後面出現「は」的可能性很大，同時也就不可能出現「も」、「まで」、「さえ」、「すら」，這個特色和「～はともかく」也相同喔！

❾（○）大学進学の問題はさておき、今の陳さんには健康を取り戻すことが第一だ。

不要管大學升學的問題了，對現在的陳同學來說，恢復健康是最重要的。

❿（△）大学進学の問題はともかく、今の陳さんには健康を取り戻すことが第一だ。

先不管大學升學的問題了，對現在的陳同學來說，恢復健康是最重要的。（身體好一些就記得來補課喔，嘿嘿）

再看兩個句子，「讀大學」和「身體健康」哪個重要？你覺得能夠比較嗎？一般我們當然會說身體是最重要的，假使現在身體出了狀況，當然應該拋下升學這件事，調養身體好再說，因此例句 ❾ 會是最適當的說法。例句 ❿ 老師打上三角形，表示句子本身沒有錯，不過比較少這樣說。因為這句話意味著恢復健康之後，還是要面對這個問題，人家都生病了，這樣說的話壓力會有點大吧！

⓫（○）費用の問題はともかく、とりあえず旅行の目的地を決めましょう。

先不管費用的問題，我們先來決定去哪裡玩吧！

⓬（△）費用の問題はさておき、とりあえず旅行の目的地を決めましょう。

不要管費用的問題，我們先來決定去哪裡玩吧！

都懂了就可以回到一開始的這句話了。旅遊的費用和目的地都是很重要的事，所以雖然費用可以暫且不管，但是等決定好目的地之後，我們接下來是不是開始找便宜的團或是便宜的機票呢？所以基本上費用可以先不談，但是之後還是必須考慮的，所以例句 ⓫ 會是比較正確的說法。如果是例句 ⓬ 這種說法，多豪氣，這種金額無上限，要看極光、要看企鵝都可以的感覺對我們升斗小民來說是多麼嚮往呀！你說像不像電影「與龍共舞」龍家俊幫月光過生日的感覺呀！

💬 練習：請選出正確答案

❶ 外国語{はともかく・はおろか}、自分の国の言葉ぐらいはきちんと話しなさい。

❷ 今度の連休{はさておき・はもちろん}、まず仕事を片付けよう。

❸ 焼いた魚{はともかく・はもとより}、生は食べられない。

❹ あのレストランは、サービス{はさておき・はもちろん}、確かに味はいい。

❺ ホテルの予約{はさておき・はともかく}、電車の切符が買えるかどうか心配だ。

❻ 冗談{はさておき・はともかく}、この問題は早急に解決しなければならないんだ。

📝 解答＋關鍵字提示

❶ はともかく（先不管外文了，至少要把自己國家的語言説好！）
後面有「は」，所以一定不能接「はおろか」，正確答案為「はともかく」。

❷ はさておき（不要管這次的連假了，要先把工作做完吧！）
後面沒有「は」、「も」可供判斷，但是工作沒做完假期沒得玩，所以當然要選「はさておき」。

❸ はともかく（姑且不論烤過的魚，生的我不敢吃。）
後面有「は」，所以一定不能接「はもとより」，正確答案為「はともかく」。

❹ はさておき（那家餐廳不管它的服務，味道的確是不錯。）
後面有「は」，所以一定不能接「はもちろん」，正確答案為「はさておき」。

❺ はともかく（先不管訂飯店，很擔心能不能買到車票。）
假設要去花蓮，就算訂好了飯店，買不到火車票也沒用，反之亦然。也就是訂飯店這件事不能不管，只是先不管，所以應該選「はともかく」。

❻ はさておき（不開玩笑了，這個問題一定盡早解決。）
應該沒有人解決完問題再回來開玩笑，所以要擱置開玩笑這件事，正確答案為「はさておき」。

能為您效勞真是光榮之至

第 17 課　〜の至り／〜の極み

▶ ウルトラマラソンの選手たちは疲労の極みに達している。

超馬選手們都已經非常疲憊了。

 老師您好，「〜の至り」不是有「非常〜」的意思嗎？所以如果要說「選手們都非常累」的話，說成「疲労の至り」應該是沒錯吧？

 欸……老師是有聽過「光榮之至」、「感激之至」，不過好像沒有聽過「腿軟之至」或是「鐵腿之至」。義傑，你怎麼看？（寶傑，我不是叫你喔！）

「〜の至り」：〜之至

名詞 ＋ の至り

　　雖然我們常常因為兩個句型之間的中譯相同而搞不清楚用法的差異，但是學到「〜の至り」這個句型時，我們真的要感謝自己身為華人了。我們不是常說「光榮之至」、「感激之至」嗎？「〜の至り」所構成的「光栄の至り」、「感激の至り」也就是用來表達「光榮之至」和「感激之至」。因此下面的例句 ❶ 和例句 ❷ 可以說是這個句型最典型的說法。

❶ この賞をいただき、光栄の至りです。

　　居然獲得這個獎，真是光榮之至。

❷ 会長にお会いできて、感激の至りです。

　　能夠見到董事長，真是感激之至。

接下來我就要小小地抱怨一下了。身為一個知名的作者兼教學者，偶爾搜尋一下網路輿情也是很合理的。有一天我就搜尋到一篇文章，說他覺得林士鈞的書有些句子都是抄的，看到那一篇，我差點氣到去買鹹酥雞。

身為語言書作者，對這樣的指控實在也是聽聽就好。如果甲書寫了田中喝咖啡，乙書也寫了田中喝咖啡，那乙書就抄襲嗎？如果是的話，以後大家都會看到外星人喝咖啡，例如我下一本書只好這樣造句「アルバ星人はコーヒーを飲みます」，怎麼樣，阿魯巴星人喝咖啡你滿意了吧？

好，消氣了。大家想想，我們不也說成「光榮之至」、「感激之至」，難道要說成「感鴨之至」嗎？話說回來，尤其愈是到高級的句型，慣用說法就會愈多，意味著不是你隨便湊就可以。這也表示，全世界的日語 N1 學習書就只能寫這兩個，而且幾乎都是得獎，而不會是入獄，「我居然入獄了，真是光榮之至」，這個人也太沒羞恥心了吧？

❸ 大変なお手数をおかけしまして、誠に恐縮の至りでございます。
　給您添了這麼大的麻煩，真是非常惶恐。

❹ 誠に赤面の至りです。
　真是慚愧之至。

到底還有沒有適合「～の至り」的說法呢？有是有，排行老三的就是例句 ❸ 所用到的「恐縮の至り」，誠惶誠恐，惶恐之至，OK！老四呢？就是例句 ❹ 裡的「赤面の至り」囉！有沒有發現，愈來愈成語化了，要找當然還有一些，但是就會是較特殊的用語了，恕老師功力不夠，無法幫大家多創幾個例句，真是慚愧之至。

「〜の極み」：極為〜

名詞 + の極み

　　比起成語化程度很高的「〜の至り」，接下來的「〜の極み」使用起來就比較不用綁手綁腳了。光從翻譯的角度，大家應該就發現不用拘泥在「〜之至」這樣的表達，而是直接翻譯成「極為〜」就可以了。

❷（○）会長にお会いできて、感激の至りです。

　　　　能夠見到董事長，真是感激之至。

❺（○）会長にお会いできて、感激の極みです。

　　　　能夠見到董事長，真是極為感激。

　　大家可以比較一下先前出現過的例句 ❷ 和使用了「〜の極み」的例句 ❺，這兩個句子都是正確的，而且意思也相同，差異就只是像中文的「感激之至」、「極為感激」表達方式不同而已。

❻（×）自分の飛行機で旅に出かけるなんて、贅沢の至りだ。

❼（○）自分の飛行機で旅に出かけるなんて、贅沢の極みだ。

　　　　居然開自己的飛機出遊，真是極為奢華呀。

　　可是如果構成的是例句 ❻ 和例句 ❼ 的話，就產生了明顯的對錯了。例句 ❻ 不恰當的主因當然是「〜の至り」前面能接的名詞有限，可是大家可能會覺得，我又不是日本人，怎麼知道到底什麼能接什麼不能接。所以老師再告訴大家一個判斷的方式，「〜の至り」和「〜の極み」的差異在於「〜の至り」前面只能接情感詞彙，但是「〜の極み」就沒有這個限制了。什麼？還是不懂？那我這樣說吧，要是考試的時候你覺得答案應該從「〜の至り」和「〜の極み」兩個選項擇一的話，不要懷疑，就一定要選「〜の極み」，夠清楚了吧！

❽（✕）ウルトラマラソンの選手たちは疲労の至りに達している。

❾（○）ウルトラマラソンの選手たちは疲労の極みに達している。

　　超馬選手們都已經非常疲憊了。

　　回到一開始的問題。你先去問問超馬好手林義傑，疲勞是不是情感？不是。很好，例句 ❽ 不行，例句 ❾ 才行；你也可以問一下日文高手林士鈞（誰？我啦！）他會告訴你：老師在講你都沒在聽，兩個都有就一定要選「～の極み」，丟鍵盤！

練習：請選出正確答案，有可能兩者皆是

❶ 日本代表に選ばれて、光栄の{至り・極み}です。

❷ あの人の前でそのことを言うなんて、非常識の{至り・極み}だ。

❸ 私の論文が認められたというのは、感激の{至り・極み}だ。

❹ 彼女の一生は不幸の{至り・極み}だった。

❺ あの有名な教授にお会いできて、光栄の{至り・極まり}に存じます。

❻ 世界的には有名なピアニストと握手できたなんて、感動の{極み・極まる}だ。

 解答＋關鍵字提示

❶ 兩者皆是（居然被選為日本國家隊成員，真是光榮之至／極為光榮。）
「光栄」是「〜の至り」的關鍵字之一，因此能接「〜の至り」也接「〜の極み」。

❷ 極み（居然在他面前講那件事，真是白目。）
「非常識」不是情感詞彙，也不是「〜の至り」的關鍵字，因此只能接「〜の極み」。

❸ 兩者皆是（我的論文居然受到肯定，真是感激之至／極為感激。）
「感激」是「〜の至り」的關鍵字之一，因此能接「〜の至り」也接「〜の極み」。

❹ 極み（她的一輩子都非常不幸。）
「不幸」不是情感詞彙，也不是「〜の至り」的關鍵字，因此只能接「〜の極み」。

❺ 至り（能夠遇到那位知名的教授，我覺得非常光榮。）
這題偷跑了下一課的一個句型，可惜「〜極まり」是個不完整也不正確的說法，所以只能接「〜の至り」。

❻ 極み^{きわ}（**居然可以和世界知名的鋼琴家握手，真是極為感動。**）

這題又偷跑了下一課的句型「～極^{きわ}まる」，不過這個字左看右看都不像是個名詞，還是乖乖地用「～の極^{きわ}み」吧！

第 18 課

這真是極為困難啊

🎧18

～極_{きわ}まる／～極_{きわ}まりない

▶ 台風_{たいふう}が来_くるのに山_{やま}に登_{のぼ}るなんて、危険_{きけん}なこと極_{きわ}まりない。

明明颱風要來居然還爬山，真是極為危險。

 老師，我記得「～極まる」是「極為～」的意思，這裡當然是「極其危險」，怎麼可能會用否定語尾的「～極まらない」呢？

 說的也是，颱風天怎麼可以爬山呢？當然是要泛舟呀！（大誤）不過，颱風天也許更適合檢查視力，確定一下是「～極_{きわ}まらない」還是「～極_{きわ}まりない」啦！

「～極_{きわ}まる」：極為～、極其～

な形容詞 ＋ 極_{きわ}まる

先來看「～極_{きわ}まる」這個句型，「極_{きわ}まる」本身屬於動詞，意思也就是「極為」，而構成句型後，只能放在な形容詞之後構成「な形容詞＋極_{きわ}まる」。換句話說「～極_{きわ}まる」算是一個接尾語句型，而且這個連接限制其實還蠻特別的，只能接な形容詞耶！

❶（×）日本人極_{にほんじんきわ}まる

極為日本人

❷（×）電車極_{でんしゃきわ}まる

極為電車

為什麼只能接な形容詞而不能接名詞呢？各位想想「極まる」的基本意義就知道了，既然是「極為～」，就是帶有近似於程度副詞的功能，如果是名詞的話，怎麼樣都無法跟程度副詞扯上關係，就像例句 ❶「極為日本人」、例句 ❷「極為電車」，都是極為好笑的說法吧！

---

❸ あの人の態度は失礼極まる。
　　那個人的態度極為失禮。

❹ この仕事は退屈極まる。
　　這份工作極為無聊。

　　既然「～極まる」是「極為～」的意思，前面就應該像例句 ❸、例句 ❹ 一樣，出現「失礼」（沒禮貌）、「退屈」（無聊）等な形容詞才正確。當然，也因為「～極まる」是專屬な形容詞的接尾語，所以就算是一樣屬於形容詞類的い形容詞也不能出現在「～極まる」之前，像例句 ❺、例句 ❻ 也都是不正確的說法喔。

❺（×）恥ずかしい極まる

❻（×）もったいない極まる

　　接下來看看一開始的這句話，「危険」是な形容詞沒錯，可是變成了「危険なこと」之後，結構就成了名詞，也因此例句 ❼ 裡的「危険なこと極まる」就是錯誤的用法。怎麼改才是對的？就在な形容詞「危険」後面直接加上「極まる」，構成「危険極まる」之後就會是正確的說法。

❼（×）台風が来るのに山に登るなんて、危険なこと極まる。

❽（○）台風が来るのに山に登るなんて、危険極まる。
　　明明颱風要來居然還爬山，真是極為危險。

　　等等，不要以為可以收書包下課喔！我們的問題解決了嗎？例句 ❼ 的確變成例句 ❽ 就對了，但是我們一開始的題目可是「台風が来るのに山に登るなんて、危険なこと{極まる・極まりない}」這句話，你只能選答案，沒人准你改題目喔！

「〜極まりない」：極為〜、極其〜

な形容詞		＋ 極まりない

な形容詞	＋ なこと	＋ 極まりない

い形容詞	＋ こと	＋ 極まりない

　　一般的教材都是把「〜極まる」和「〜極まりない」歸類為相同的句型，聽到這裡，很多同學都驚呆了，因為他們一直以為是肯定一個是否定、一個是「極為〜」一個是「極不為〜」或「不極為〜」還是「極為不〜」的。否定？醒醒吧，看清楚點，是「〜極まりない」不是「〜極まらない」耶！可是，既然「〜極まりない」不是「〜極まる」的否定形，那是什麼意思呢？

〜極まる　➡　ない形　　　　　➡　〜極まらない（無此用法）

〜極まる　➡　極まり＋は＋ない　➡　〜極まりない

　　其實「〜極まりない」是將「極まる」變成「極まり」之後省略了本來該存在的「は」再加上「ない」所構成的，也因此，並不能說是「〜極まる」的否定說法，而應該說是「〜極まる」的強調說法，直譯的話意思是「沒有比〜還極致的」。換個說法，「〜極まる」和「〜極まりない」的功能相同，基本上的差別只在於「〜極まる」是較成語化的說法，比較文言一點，前面接的詞彙也比較有限；「〜極まりない」則因為強調感較重，所以是比較口語、比較一般的用法，前面可以接的詞彙也較多。

❼（×）台風が来るのに山に登るなんて、危険なこと極まる。

❽（○）台風が来るのに山に登るなんて、危険極まる。
　　　明明颱風要來居然還爬山，真是極為危險。

❾（○）台風が来るのに山に登るなんて、危険なこと極まりない。
　　　明明颱風要來居然還爬山，真是極為危險。

❿（○）台風が来るのに山に登るなんて、危険極まりない。
　　　明明颱風要來居然還爬山，真是極為危險。

　　既然「～極まる」和「～極まりない」算是相同的句型，要從中選一真的是強人所難，不過很遺憾的，老師就是喜歡強人所難。前面提過的例句 ❼ 是因為「～極まる」只能放在な形容詞之後，所以必須改成例句 ❽ 才恰當。不過如果語尾成為「～極まりない」的話，前面可以直接放な形容詞，也可以在な形容詞之後加上「こと」再連接「～極まりない」，所以這時例句 ❾、例句 ❿ 都是正確的說法喔！

　　其實會有這種變化規則是因為「～極まりない」本來前面就應該有「こと」，只是如果前面是な形容詞時可以省略，直接構成「な形容詞＋極まりない」就好了，這算是……向「な形容詞＋極まる」這個典型用法致敬吧。但是如果前面是い形容詞的話，就要乖乖加上「こと」再接「極まりない」囉！

❺（×）恥ずかしい極まる

⓫（×）恥ずかしい極まりない

⓬（×）私が書いた文章には間違いが多くて、恥ずかしい極まりない

⓭（○）私が書いた文章には間違いが多くて、恥ずかしいこと極まりない。
　　　我寫的文章錯誤很多，丟臉死了。

　　大家回想一下前面的例句 ❺，「～極まる」前面不可以接い形容詞「恥ずかしい」，現在的「～極まりない」也不能直接放在い形容詞之後，所以例句 ⓫ 也是錯的。因此，例句 ⓬ 這句話就必須改成例句 ⓭ 才恰當喔！

練習：請選出正確答案

❶ 目上の人に挨拶をしないとは、失礼 {極まりない・極み}。

❷ こんな夜中に電話するなんて、非常識 {極まる・極み}。

❸ あの先生の話は、私には退屈 {極まる・極まらない} ものだった。

❹ 一日何時間もスマホを使うのは不健全なこと {極まりない・極まる}。

❺ 彼の態度は、不愉快なこと {極まりない・極み}。

❻ 一度使っただけで捨てるとは、もったいないこと {極まりない・極まる}。

 解答＋關鍵字提示

❶ 極まりない（居然不向長輩打招呼，真是沒禮貌。）
「失礼」是な形容詞，前一回所提到的「極み」則是只能放在「名詞の」之後，因此只能選可以放在な形容詞之後的「極まりない」。

❷ 極まる（居然在這麼晚的夜裡打電話，真是白目。）
「非常識」是な形容詞，前一回所提到的「極み」則是只能放在「名詞の」之後，因此只能選可以放在な形容詞之後的「極まる」。

❸ 極まる（那個老師的上課內容對我來說極為無聊。）
「極まらない」不是「極まる」的否定，同時也跟「極まりない」無關，是不存在的用法，所以這一題應選「極まる」。

❹ 極まりない（一天用好幾個小時的智慧手機真是極為不正常。）
「健全なこと」裡的「こと」是名詞，所以後面不能接「極まる」連接，正確答案為「極まりない」。

❺ 極まりない（他的態度令人極為不愉快。）
「不愉快なこと」裡的「こと」是名詞，後面就算要接「極み」的話要先有助詞「の」，所以應選擇「極まりない」。

❻ 極まりない（居然用了一次就丟，真是浪費呀！）

「もったいない」是い形容詞，加上「こと」之後只能接「～極まりない」，
因此應選擇「極まりない」。

第 19 課

容易、有可能　　　　　　　　　　🎧19

〜おそれがある／
〜きらいがある

▶ 彼は性格はいいが、酒を飲みすぎるきらいがある。
他個性雖好，但是常常會喝太多酒。

 老師，我喜歡一個男生，可是他不小心都會喝太多，我記得應該用表示有可能發生不好事情的「〜おそれがある」，說成「酒を飲みすぎるおそれがある」對吧？

 同學，先不管你心裡的矛盾，我先打個岔，你以為「〜きらいがある」和「〜おそれがある」一個是討厭、一個是害怕嗎？

「〜おそれがある」：有可能〜（不好的事情有發生的可能）

名詞修飾形 ＋ おそれがある

　　先來看看「〜おそれがある」這個句型吧，「おそれ」來自於動詞「恐れる」，意思是「害怕」。留下語幹ます形之後所構成句型「〜おそれがある」用來表示擔心某件不好的事情有發生的可能，就像中文的「有〜之虞」的這個說法，而「虞」本身就有擔心的意思。當然，一般翻譯時可以不用這麼文言，通常直接翻譯成「有可能〜」就好了。最典型的說法就是像例句 ❶ 這種例句，不管翻譯為「颱風有登陸之虞」還是「颱風有可能登陸」都很恰當。

❶ 深夜に台風が九州に上陸するおそれがあるでしょう。
深夜颱風有可能會登陸九州。

不過大家要小心的就是，即使只翻譯為「有可能～」，大家還是不可以忘記這個句型是用來表示有可能發生一件不好的事情，因此例句 ❷ 談的是失業者增加，是壞事，所以句子合理；但是例句 ❸ 談的 N1 合格的人增加，這不是件壞事，是件好事，當然不可以用「～おそれがある」。

❷（○）このままでは、失業者<ruby>失業者<rt>しつぎょうしゃ</rt></ruby>がどんどん増<ruby>増<rt>ふ</rt></ruby>えるおそれがある。
　　　　這樣的話，失業者會不斷增加吧！

❸（？）このままでは、N1 に合格<ruby>合格<rt>ごうかく</rt></ruby>する人<ruby>人<rt>ひと</rt></ruby>がどんどん増<ruby>増<rt>ふ</rt></ruby>えるおそれがある。
　　　　這樣的話，N1 合格的人會不斷增加吧！（覺得增加是壞事）

　　不過啦，這個世界是很險惡的，搞不好有個暗黑界的補習班教務會議正在討論，不能再讓林老師出書了，每個學生看他的書就過 N1，那我們怎麼混？這個時候，我也不能說例句 ❸ 是錯啦！不過這個補習班倒是做錯兩件事，第一、看我的書怎麼會過 N1（大誤，應該是說只看而不努力讀書）；第二、為了不要被學習者看到我的書，他們派人買光我市面上的書。我只能說……謝謝大德、銘謝惠顧啦！

❹（？）彼<ruby>彼<rt>かれ</rt></ruby>は酒<ruby>酒<rt>さけ</rt></ruby>を飲<ruby>飲<rt>の</rt></ruby>みすぎるおそれがある。
❺（○）彼<ruby>彼<rt>かれ</rt></ruby>は酒<ruby>酒<rt>さけ</rt></ruby>を飲<ruby>飲<rt>の</rt></ruby>みすぎかねない。
　　　　他有可能喝太多。

　　接下來的這個限制可能就會難一點了，不過幸好還是在 N2 範圍的難度。那就是「～おそれがある」指的是不好的事情有「發生」的可能，因此前面通常不會是個動作性動詞，而會是狀態性動詞。所以如果要說「有可能喝太多」的話，「～おそれがある」所構成的例句 ❹ 就會有點怪。中文一樣是「有可能～」，這個時候老師建議用「～かねない」說成例句 ❺ 這個說法比較好喔！

「～きらいがある」：常常～、容易～
（表示常進行不好的事情）

動詞辭書形 ＋ きらいがある

「～おそれがある」來自於動詞「恐れる」，那「～きらいがある」來自於な形容詞「嫌い」嗎？對一半。「嫌い」的字源其實是動詞「嫌う」，所以な形容詞「嫌い」其實來自於動詞「嫌う」的ます形「嫌い」，因此它也具有名詞的身分。畢竟要有名詞身分才能出現在助詞「が」之前構成句型「～きらいがある」。

❻社長は人の意見を無視するきらいがある。

社長容易無視別人的意見。

❼彼女は自分の意見を主張しすぎるきらいがある。

她容易太過堅持自己的意見。

因為「～きらいがある」這個句型來自於「討厭」（嫌い），因此用來表示常常會進行某件不好的事情（文法直譯為：有某種不好的傾向）。大家看看例句 ❻ 裡面社長討不討厭？這麼跋扈、這麼自大，所以他有這樣的討厭之處對吧！這個句型就是從這個「討厭之處」的概念，衍生用來表示常常會有某件不好的事情。再看一下例句 ❼，受詞也是意見，但是這個女子卻是常常會太過於堅持己見，這當然也是不好的事情。

---

❽（×）彼は性格はいいが、酒を飲みすぎかねない。

❾（○）彼は性格はいいが、酒を飲みすぎるきらいがある。

他個性雖好，但是常常會喝太多酒。

接下來就可以回到一開始的這句話了，先前例句 ❹「彼は酒を飲みすぎるおそれがある」就已經先討論過應該改成例句 ❺「彼は酒を飲みすぎかねない」比

較恰當，可是「〜かねない」適合用來表示未來可能發生的事情，不適合用來表示常態。因此加上「彼は性格はいい」這個前提之後的例句 ❽ 就應該改成使用「〜きらいがある」的例句 ❾ 才恰當。

練習：請選出正確答案

❶ 課長はすぐ感情を顔に出す｛おそれがある・きらいがある｝。

❷ 今日から明日にかけて、北海道地方で大雨の｛おそれがある・きらいがある｝。

❸ 彼女はものごとを否定的に考える｛おそれがある・きらいがある｝。

❹ この番組は子供に悪い影響を与える｛おそれがある・きらいがある｝。

❺ 大雨によって重大な災害が発生する｛おそれがある・きらいがある｝。

❻ あの人はものごとを大げさに言う｛おそれがある・きらいがある｝。

解答＋關鍵字提示

❶ きらいがある（**課長常常馬上把情感顯露在臉上。**）

臉上顯露表情是課長的特質而不是我們要擔心可能會發生的事，因此應選擇「きらいがある」。

❷ おそれがある（**從今天到明天北海道地區有可能會下大雨。**）

「きらいがある」前面只會接動詞辭書形，但是「大雨」後面出現了助詞「の」，所以只能接「おそれがある」。此外，氣象報告中的惡劣氣候是「～おそれがある」這個句型最典型的例句。

❸ きらいがある（**她容易把事情想得太負面。**）

負面思考是人格特質而不是我們要擔心可能會發生的事，因此應選擇「きらいがある」。

❹ おそれがある（**這個節目有可能會給小孩不好的影響。**）

這個句子談的應該是不好的事情有發生可能，而不是常常進行的行為，所以應選擇「おそれがある」。

❺ おそれがある（**由於大雨，有可能會發生重大災害。**）

這個句子談的應該是不好的事情有發生可能，而不是常常進行的行為，所以應選擇「おそれがある」。

❻ きらいがある（**那個人常常會把事情說得太誇張。**）

誇大其詞是人格特質而不是我們要擔心可能會發生的事，因此應選擇「きらいがある」。

第 20 課

對你的景仰有如滔滔江水

🎧20

～てならない／～てやまない

▶ 私はあの先生を尊敬してやみません。

我非常地尊敬那位老師。

老師，如果要說「我非常地尊敬那位老師」這一句話，用表示情感非常強烈的「～てならない」這個句型 OK 吧？

OK？老師覺得不 OK！主要的問題是，尊敬一個老師是有什麼見不得人的嗎？（其實我很怕同學回答「會，因為是你……」）

「～てならない」：非常～（強調壓抑不住）

て形 ＋ ならない

（動詞て形・な形容詞＋で・い形容詞い＋くて）

先來看看「～てならない」這個 N2 句型吧。的確一般都直接翻譯為「非常～」，不過看一下例句 ❶ 和例句 ❷，大家就可以知道，除了說成「非常擔心」、「非常遺憾」以外，「擔心得不得了」、「遺憾得不得了」也是常見的中文翻譯。

❶ 将来がどうなるか、心配でならない。

非常擔心將來會怎樣。

❷ 修学旅行に行けなかったのが今でも残念でならない。

不能參加畢業旅行現在還是很遺憾。

這個句型也可以翻譯為「～不得了」就反應了「～てならない」這個句型的文法特色，它強調情感強烈到無法壓抑。例句 ❶ 就反應了不想太擔心，卻無法控制；例句 ❷ 則表達了應該要放下、不要再想，卻還是克制不住。因為這樣的特色，自發的行為當然很適合放在「～てならない」之前的動詞，這個特色也就成為「～てならない」和另外一個表示強烈感覺的句型「～てたまらない」的最大差異。

❸（〇）卒業アルバムを見ていると、高校の頃のことが思い出されてならない。
看著畢業紀念冊，不禁想起高中時的點點滴滴。

❹（×）卒業アルバムを見ていると、高校の頃のことが思い出されてたまらない。

看著畢業紀念冊會回想起以前的事情，這是很自然的，不用刻意去想，記憶自然浮現在腦海中，這就是所謂的自發。自發的行為很適合出現在「～てならない」之前，因為符合情感強烈到無法壓抑，所以例句 ❸ 是正確的。但是使用了「～てたまらない」的例句 ❹ 就不適當了，為什麼呢？那畫面就像電影情節，打開畢業紀念冊之後回憶不斷湧現、攻擊的主角，這個時候主角已經快要控制不住，終於使勁全力闔上了書，然後鏡頭轉到了滿頭大汗、驚魂未定的主角。太過火了對吧？哪會想過去想到受不了，所以有「受不了」感覺的「～てたまらない」當然不能用在這裡啊。

❺ 試験に落ちるとは、悔しくてならない。
居然會落榜，真是非常懊惱。

❻ 故郷を離れるのが辛くてならない。
離開故鄉難過得不得了。

例句 ❶ 的「心配」和例句 ❷ 的「残念」是な形容詞；例句 ❸ 的「思い出される」是動詞，「～てならない」的前面當然也可以像例句 ❺、例句 ❻ 一樣加入い形容詞。「悔しい」和「辛い」也都是情感相關詞彙，放在「～てならない」之前表達情感的強烈自然很恰當。

「～てやまない」：非常～（強調源源不絕）

動詞て形 ＋ やまない

接下來的「～てやまない」就要用點心啦。不是因為「～てならない」是 N2 句型，所以就隨便講講，而是因為「ならない」雖然來自於「なる」，但是這個句型裡並沒有任何跟「變化」有關的意思，所以我們可以說此時的「なる」只是個文法動詞，也就是只有文法功能沒有詞彙功能。可是「～てやまない」裡「やまない」來自動詞「止む」，這個句型裡「止む」扮演了主要的意義，所以不能不談。

---

❼ 私は自分の国を愛してやまない。
　我非常熱愛自己的國家。

時序回到 1990 年，那個時候大家出生了嗎？那年出現了一支機車廣告，一個男生被潑了一臉水，他馬上騎上機車，用比火車更快的速度到下一站，追到了那個女孩。他就是城城郭富城。這個文法跟這個廣告無關，但是跟郭富城當年發行的首張專輯「對你愛不完」就很有關係了。你看（喔，你看不到），老師的手都下意識地比出動作了。「止む」是「停止」的意思，所謂的「愛不完」就是「愛個不停」，既然如此就是例句 ❼ 裡面的「愛してやまない」不是嗎？你看潮不潮？快三十年前的一首歌都可以幫我們學日文。

---

❽（〇）私はあの先生を尊敬してやみません。
　我非常尊敬那位老師。

❾（×）私はあの先生を尊敬してなりません。

什麼？時代久遠？那我們找一個近一點的，時序進入 1992 年（才差兩年！），周星馳主演的電影「鹿鼎記」總該看過了嗎？沒有？沒吃過豬肉也應該看過豬走

路，沒看過電影家裡電視也應該有電影台吧？話說劇中主角韋小寶常常對康熙拍馬屁，接下來這兩句話大家就熟了，「我對你的景仰有如滔滔江水連綿不絕，更有如黃河氾濫一發不可收拾」。這就厲害了吧，他要表達的不就是「我很尊敬你」、「我尊敬你尊敬到停不下來」，既然如此當然就是例句 ❽ 的「尊敬してやまない」這種說法。那例句 ❾ 可不可以？我們不是說「～てならない」用來表達情感強烈到無法壓抑嗎？請問你對老師為何要「壓抑」敬意？是不是你覺得其實他不值得尊敬，但是又不由得尊敬呢？當然都不是，所以例句 ❾ 就不行啦！

---

❿ 一日も早いご回復を祈ってやみません。
　非常希望您早日復原。

⓫ 今後もご活躍を願ってやみません。
　希望您今後也能繼續活躍。

　從例句 ❼、例句 ❽ 這兩個句子我們大概可以得知，「～てやまない」這個句子比較常用在正面一點的事情，除了「愛する」、「尊敬する」之外，「祈る」和「願う」這些跟祈願有關的動詞更可視為這個句型的關鍵字。所以像例句 ❿、例句 ⓫ 這樣的句子大家就應該要毫不猶豫的選用「～てやまない」喔！

⓬（○）修学旅行に行かなかったことを後悔してやまない。
　　非常後悔沒去畢業旅行。

⓭（×）修学旅行に行かなかったことが悔しくてやまない。

⓮（○）修学旅行に行かなかったことが悔しくてならない。
　　非常後悔沒去畢業旅行。

　不過，雖然「～てやまない」主要用來表示正面的事情，但有些時候還是能用來連接一些較負面的行為，不過這樣的用法不多，主要是「後悔する」之類表達後悔的動作。只是大家會覺得奇怪，例句 ⓬ 可以，但是例句 ⓭ 為什麼不行呢？因為例句 ⓭ 裡的「悔しい」根本不是動詞，後面沒辦法接「～てやまない」這個句型。這個時候怎麼辦？找回我們先前討論的「～てならない」，說成例句 ⓮ 不就好了。

115

練習：請選出正確答案

❶ 親は子どもの将来を期待し｛てならない・てやまない｝。

❷ 世界の平和を祈っ｛てなりません・てやみません｝。

❸ 主人の帰りが遅くて、心配｛でならない・でやまない｝。

❹ 出かけるといつも、ガスを消したかどうか気になっ｛てならない・てやまない｝。

❺ 彼女と結婚したことを｛後悔して・悔しくて｝やまない。

❻ 子どものころピーマンを食べるのがいや｛でならなかった・でやまなかった｝。

解答＋關鍵字提示

❶ てやまない（父母非常期待孩子的將來。）

「～てやまない」強調源源不絕，且「期待する」符合正面的事，所以應該選「てやまない」。

❷ てやみません（非常希望世界和平。）

「～てやまない」強調源源不絕，且「祈る」符合正面的事，所以應該選「てやみません」。

❸ でならない（先生很晚回家，非常擔心。）

「～てならない」強調壓抑不住，且「心配」符合負面的事，所以應該選「でならない」。

❹ てならない（一出門就會非常擔心有沒有關瓦斯。）

「～てならない」強調壓抑不住，且「気になる」符合負面的事，所以應該選「てならない」。

❺ 後悔して（非常後悔和她結婚。）

「～てやまない」前面一定要接動詞，所以要選「後悔して」。

❻ でならなかった（**小時候非常討厭吃青椒。**）

「～てやまない」前面一定要接動詞，但是「いや」是な形容詞，所以要選「で
ならなかった」。

第 21 課

結果只好走路回家

～しまつだ／～までだ

▶ 電車が止まったら、歩いて帰るまでだ。
電車停駛的話，只好用走的回家。

 老師，我記得「～しまつだ」用來表示不好的事，既然是地震造成電車停駛
最後只好用走的回家，那用「～しまつだ」應該標準吧？

 你的前半段説的沒錯，只是……電車是你坐壞的嗎？

「～しまつだ」：最後～（落得某個下場）

動詞辭書形 ＋ しまつだ

　　「～しまつだ」裡面的「しまつ」是來自於名詞「始末」，意思是「收拾」、「解決」，也就是有「善後」的概念。既然需要「善後」，那一定不是什麼好事，因此構成句型「～しまつだ」後，用來表示落得某個下場，翻譯時常說成「最後～」。

❶ 彼女はさんざん騒いだあげく、泣き出すしまつだ。
　她大鬧一番之後，最後還哭了。

❷ 彼は両親とけんかして、ついに家出までするしまつだ。
　他和父母吵架，最後甚至還離家出走。

　　既然要落得某個下場，通常會是經歷了許多事情之後，所以例句 ❶ 可以說是這個句型最「標準」的說法，裡面的「～（た）あげく」是 N2 一個很重要的句型，雖然翻譯成中文時只是簡單說成「～之後」，不過其實「～（た）あげく」是用來表示經歷了許多不好的事情得到更不好的結果，所以和「～しまつだ」這個句型根

本是絕配。例句 ❷ 雖然沒有用到「～（た）あげく」，但也是經歷了和父母吵架然後才離家出走，所以後面加上「～しまつだ」也是很貼切的表達。

❸ 林さんときたら、困ったものだ。試験の日まで遅刻するしまつだ。

説到林同學，真是傷腦筋呀！就連考試當天都遲到。

不過有些時候可能句子裡沒有表達出經歷了哪些事，這個時候的確就難判斷了點。不過大家想想，例句 ❸ 的前面先出現了「林さんときたら困ったものだ」這句話，「～ときたら」其實也是一個 N1 句型，中文常翻譯成「說到～」，而且一定是對這個人的批評，因此既然已經出現了「說到林同學，真是傷腦筋啊」，這不就表示他是班上的遲到大王，平常遲到就算了，考試當天也遲到。這樣一來不也帶有許許多多的事情發生嗎？

❹（×）電車が止まったら、歩いて帰るしまつだ。
❺（○）旦那と喧嘩して、歩いて帰るしまつだ。

和老公吵架，最後還用走的回家。

也因此一開始的這個句子若是使用「～しまつだ」說成例句 ❹ 就不恰當了，因為他又沒做什麼事，電車停駛也不是他造成的，怎麼會落得走路回家的下場呢？不過有個場景說不定女性讀者就經歷過了，那就是和老公吵架氣得下車自己走回家。就算沒有親身經歷過自己的朋友也經歷過對吧？（這個時候說是朋友發生的事準沒錯）也就是如果句子的前半改成「旦那と喧嘩して」的話，使用「～しまつだ」這個句型說成例句 ❺ 其實也是可以的喔！

「～までだ」：只好～、只是～

動詞辭書形 · **動詞た形** ＋ **までだ**

「～までだ」這個句型的字源很單純，就是表示終點的助詞「まで」。助詞

「まで」最基本的規則是在前面加上地點名詞或是時間名詞，表示最後到達某個地方、最終到達某個時刻。而「〜までだ」這個句型就從終點的概念衍生為「最後的行為」，意思就是做到這裡，不會再有下一個行為了。

❻ 電車がだめなら、バスで行くまでだ。
　　既然電車不行，只好搭公車去。

❼ 電車がだめなら、バスで行くしかない。
　　既然電車不行，只好搭公車去。

　　這樣說明好像有點抽象，看一下例句好了。例句 ❻ 是「〜までだ」這個句型的基本用法，前面接動詞辭書形。這個時候的「最後的行為」指的就是沒有其他交通工具可以用了，例如颱風天從高雄到台北，高鐵和台鐵都停駛，只剩下國道客運可以使用，因此「バスで行く」就是最後的行為，沒別的方法了「只好」搭客運，所以常翻譯為「只好〜」。大家注意到了嗎？這個時候的「〜までだ」和 N2 表示沒有其他辦法的「〜しかない」很像喔！

- -

❽ ちょっと聞いてみたまでです。
　　只是稍微問一下。

❾ ちょっと聞いてみただけです。
　　只是稍微問一下。

　　「〜までだ」前面如果接動詞た形呢？動詞た形代表的是過去式，意味著那個行為已經發生了，所以用來解釋目前所做的這件事情是「最後的行為」，不會再有下個動作了，常翻譯為「只是〜」。例句 ❽ 是這個時候最典型的說法，用來表示並非別有用心，就「只是」問問而已，沒有別的意思，也不會再有下一步。這個時候的「まで」如果改成「だけ」意思也沒什麼不同。希望大家此時感應到了一點，那就是例句 ❼ 的「しか（ない）」和例句 ❾ 的「だけ」不也來自我們初級學的兩個「只」，所以老師才把一般分開來討論的「動詞辭書形＋までだ」和「動詞た形＋までだ」一起講，畢竟這就是異曲同工、殊途同歸啊！

- -

❹（×）電車が止まったら、歩いて帰るしまつだ。

❿（○）電車が止まったら、歩いて帰るまでだ。
電車停駛的話，只好用走的回家。

　　這下子大家就應該知道了，例句 ❹ 的這句話如果要保留前面的內容，就必須把最後的「～しまつだ」改成「～までだ」才正確。日本發生 311 地震時出現了很多回不了家的「帰宅難民」就是因為電車停駛，沒有其他交通工具可使用，所以有很多人要步行好幾個小時才回得了家，這個時候就要說成例句 ❿ 的這句話才恰當。

⓫ だめだったらもう一度挑戦するまでだ。
不行的話只好再挑戰一次。

⓬ だめだったらもう一度挑戦するまでのことだ。
不行的話只好再挑戰一次。

　　另外大家還要注意兩個地方，第一是「～までだ」常常說成「～までのことだ」，所以例句 ⓫ 和例句 ⓬ 這兩句話不用刻意區分，當作相同意思的句子就好了。第二則是「～までだ」因為表達了最後的行為，不會再有其他行為了，所以有些時候會直接以「～それまでだ」來表示大家可以預想得到的結果。以例句 ⓭ 來說，就算考上理想的學校，要是生了重病，也沒其他辦法，只好辦休學了，所以 ⓭ 最後的「あきらめるまでだ」就可以直接說成例句 ⓮ 的「～それまでだ」。什麼意思？就那樣呀！你知道的嘛！

⓭ 試験に合格しても、病気になってしまったら、あきらめるまでだ。
就算考試合格，生病的話只好放棄。

⓮ 試験に合格しても、病気になってしまったら、それまでだ。
就算考試合格，生病的話只好（那樣了）。

✏️ 練習：請選出正確答案

❶ まじめに生きても死んでしまえば {それまでだ・それしまつだ}。

❷ 大学院がだめなら就職する {までのことだ・しまつのことだ}。

❸ もし彼がやってくれないのなら、自分でやってみる {までだ・しまつだ}。

❹ 彼は競馬好きで一か月の給料を一日で使ってしまう {までだ・しまつだ}。

❺ 君には直接関係がないが、念のために知らせた {までだ・しまつだ}。

❻ あの女優はダイエットしすぎて、病気になって、入院する {までだ・しまつだ}。

📝 解答＋關鍵字提示

❶ それまでだ（就算很努力的生活，人死了也就那樣。）
「～までだ」才有「～それまでだ」用法，「～しまつだ」沒有「～それしまつだ」用法，所以要選「それまでだ」。

❷ までのことだ（如果沒考上研究所就只好就業。）
「～までだ」才有「～までのことだ」用法，「～しまつだ」沒有「～しまつのことだ」用法，所以要選「までのことだ」。

❸ までだ（如果他不幫忙，就只好自己做做看。）
沒人幫忙當然就沒有其他辦法了，所以要選沒有其他辦法的「までだ」。

❹ しまつだ（他很愛賽馬，到最後一天就會用掉一個月的薪水。）
賭馬到後來居然一天就賠了一個月的薪水，符合不好的結果，所以應該選「しまつだ」。

❺ までだ（雖然和你沒有直接關係，但是為了慎重起見，只是跟你知會一下。）
只是知會一下，所以要選沒有別的意思「までだ」。

❻ しまつだ（那個女演員減肥過頭，最後生病住院了。）
生病甚至住院，符合不好的結果，所以應該選「しまつだ」。

第 22 課 身為老師不能看著你落榜
～べからず／
～べからざる

▶ それは政治家<ruby>政<rt>せい</rt></ruby><ruby>治<rt>じ</rt></ruby><ruby>家<rt>か</rt></ruby>として<ruby>許<rt>ゆる</rt></ruby>すべからざる<ruby>行<rt>こう</rt></ruby><ruby>為<rt>い</rt></ruby>だ。
那是作為政治人物不應允許的行為。

 老師，「～べからず」和「～べからざる」這兩個句型真的很難分，意思一樣、長得也很像，有沒有什麼區分的方法呀？

 當然有，「～べからず」和「～べからざる」其實真的是同一個用法，所以當然意思和外型都雷同，唯一的差別是……嗯，是位置不同。

「～べからず」：不可以～、不能～

動詞辭書形 ＋ べからず

　　不管「～べからず」還是「～べからざる」，都是來自於「～べきだ」這個 N3 句型。「～べき」用來表示說話者強烈的意見，因此像例句 ❶ 這樣的肯定語尾「～べきだ」常翻譯為「應該（要）～」；反之，例句 ❷ 構成的否定語尾「～べきではない」就會翻譯成「不應該～」。

❶ <ruby>東<rt>とう</rt></ruby><ruby>京<rt>きょう</rt></ruby>ディズニーランドは<ruby>絶<rt>ぜっ</rt></ruby><ruby>対<rt>たい</rt></ruby>に<ruby>行<rt>い</rt></ruby>くべきだよ。
　東京迪士尼樂園絕對應該要去喔！

❷ ほかの<ruby>人<rt>ひと</rt></ruby>に<ruby>迷<rt>めい</rt></ruby><ruby>惑<rt>わく</rt></ruby>をかけるべきではない。
　不應該給他人添麻煩。

「～べからず」和「～べき」有什麼關係呢？其實「～べき」是源自於另一個表示目的的句型「～べく」，也就是說這幾個句型共通的字源是一個具有近似於動詞語尾的「べく」。這一類文法性詞彙有時也可以稱為助動詞，不過我們不談太深的文法概念，而是要大家了解，既然「べく」具有接近動詞的語尾，那麼「べからず」不就可以視為「べく」否定語。咦？這個變化大家有印象嗎？

書き ➡ 書く ➡ 書かない ➡ 書かず

べき ➡ べく ➡ べからず

大家應該已經會古文語尾「～ず」，要變成「～ず」的第一步驟是將原本的動詞變成ない形，例如「書く」先變成「書かない」，再將「ない」改成「ず」，所以「書かない」就成了「書かず」。當然，畢竟「べく」不是真正的動詞，所以變化規則並不完全相同。可是同學們只需要知道，「～べからず」是來自「～べき」，而既然「～べき」是「應該～」，那「～べからず」就是「不應該～」的意思才對。

❸ 熊出没！入るべからず！
　　熊出没！禁止進入！

❹ ここにゴミを捨てるべからず！
　　這裡禁丟垃圾！

雖然我們平常將古文中「～ず」記為動詞否定形，也就是ない形就可以了，但是畢竟若出現了「～ず」就應該放在句子中間，所以嚴謹一點來說，「～ず」比較接近「～ないで」。可是這樣的話，大家就會感到有點混亂了。因為例句 ❸、例句 ❹ 的「～べからず」都是出現在句尾耶。

---

❺ 入らないでください。（入ってはいけない・入るな）
　　請勿進入！（不可以進去）

❻ ゴミを捨てないでください。（捨ててはいけない・捨てるな）
　　請不要丟垃圾！（不可以丟）

不過大家對照一下例句 ❺、例句 ❻，應該就一秒看懂了吧！這就是為什麼老師要強調「～ず」和「～ないで」的關係，就像我們講話時「ちょっと待ってください」（稍微等一下！）可以只說「ちょっと待って」，「待たないでください」（請不要等！）也可以說成「待たないで」。所以平時只應該出現在句子中間的「～ず」構成句型「～べからず」之後，也就像「～ないでください」省略「ください」，變成出現在句尾了。

入るべからず≒入らないでください・入ってはいけない・入るな
捨てるべからず≒捨てないでください・捨ててはいけない・捨てるな

再來，回到這個句型中文翻譯，「～べからず」雖然具有「不應該～」的概念，但是不要忘了「不應該～」這個說法是為了表達說話者強烈的意見，所以翻譯時常常直接說成「不可以～」、「不能～」，也就是「入るべからず」除了是「入らないでください」，也幾乎等同於表示禁止的「入ってはいけない」、「入るな」；「捨てるべからず」當然就像是「捨ててはいけない」、「捨てるな」這樣的說法了。

此外，「～べからず」還有一個最大的特色，就是它的古文特性讓它具有「文言」感，因此講話時不會用到，而是會出現在表示禁止的「告示」上，因此公園、海邊等地的告示牌就會很常看見它的身影。相對地，當然不適合用於媽媽對小孩說話時，不然會有包青天講話的感覺喔。因此例句 ❼ 是不恰當的說法，怎麼修正？還原為例句 ❽、例句 ❾ 這些請託、禁止說法就好啦！

❼（△）テレビを見るべからず。（不可用於對話）

❽（○）テレビを見ないでください。
　　　　請不要看電視！

❾（○）テレビを見てはいけない。
　　　　不可以看電視！

雖然一直在說古文、古文，大家可能無法理解「～べからず」到底有多古，大家想一個成語「莫忘初衷」，這夠古了吧！日文也有一樣的說法喔，就是「初心忘

るべからず」這句話。發現了嗎？連前面的動詞「忘る」都長得跟現在的「忘れる」不太一樣，夠老了吧！

「～べからざる」：不可～的、不能～的

動詞辭書形 ＋ べからざる ＋ 名詞

「～べからざる」和「～べからず」一樣帶有「不可以～」、「不應該～」、「不行～」、「不能～」等禁止的意涵，字源也完全相同，到底差異在哪裡呢？

❿ 殺人は許すべからざる罪だ。

殺人是不可原諒之罪。

⓫ 水は欠くべからざるものだ。

水是不可或缺的東西。

「～ず」是古文的否定語尾，「～ざる」也是古文的否定語尾，兩者的差異在於「～ず」會出現在句子的中間、「～ざる」則只能出現在名詞之前。構成句型「～べからず」和「～べからざる」之後，前面所提到的「～べからず」只會出現在句尾，用於告示牌、公告時；「～べからざる」則還是只能用來修飾名詞，所以中文常翻譯為像例句 ❿、例句 ⓫ 這樣，譯成「不能～的」、「不可～的」。

⓬（×）それは政治家として許すべからず行為だ。

⓭（○）それは政治家として許すべからざる行為だ。

那是作為政治人物不應允許的行為。

既然如此，一開始的這句話就不能使用「～べからず」說成例句 ⓬，而是應該像例句 ⓭ 一樣，用「～べからざる」才能表達「那是作為一個政治人物所不能原諒的行為」這句話。

練習：請選出正確答案

❶ 今日の社会では、パソコンは欠く{べからず・べからざる}ものとなっている。

❷ 芝生に入る{べからず・べからざる}。

❸ 彼は生徒として許す{べからず・べからざる}行為を行った。

❹ 働かざる者は、食う{べからず・べからざる}。

❺ 言うべきことを言わず、言う{べからず・べからざる}ことを言ってしまった。

❻ この荷物には触る{べからず・べからざる}と書いてある。

解答＋關鍵字提示

❶ べからざる（**在現今的社會，電腦是不可或缺的東西。**）

　　不是在句尾，且後面有名詞「もの」可供修飾，所以應該選「べからざる」。

❷ べからず（**禁止進入草坪。**）

　　「べからざる」不可能出現在句尾，所以要選「べからず」。

❸ べからざる（**他做了身為學生不能原諒的行為。**）

　　不是在句尾，且後面有名詞「行為」可供修飾，所以應該選「べからざる」。

❹ べからず（**不勞者不得食。**）

　　「べからざる」不可能出現在句尾，所以要選「べからず」。

❺ べからざる（**不説該説的，卻説了不該説的。**）

　　不是在句尾，且後面有名詞「こと」可供修飾，所以應該選「べからざる」。

❻ べからず（**這箱貨上寫了禁止觸摸。**）

　　雖然不是出現在整句話的句尾，但卻是引用句的句尾，而且後面沒有名詞可供修飾，所以應該選「べからず」。

第 23 課

光陰似箭歲月如梭 23

～ごとく／～ごとき

▶ 予想したごとく、やはり今年もあのチームが優勝した。

一如預期，果然今年也是那一隊冠軍。

 老師您好，我好像又遇到一個跟之前有點像又不太像的問題了。「～ごとく」和「～ごとき」意思相同，長得更像，遇到它們我到底該怎麼辦呢？

 怎麼辦？放棄……不是個好辦法。就像人家説的，光陰似箭歲月如梭。咦，有關嗎？不管，你不要當那種半途而廢的人就好。

「～ごとく」：如～、像～（表示舉例或比喻）

動詞常體 ＋ ごとく

名詞 の ＋ ごとく

　　討論「～ごとく」和「～ごとき」的功能及差別時，一定要先看「光陰矢の如し」這句話，這樣就可以秒懂了。這句話當然就是我們的「光陰似箭」，句子裡的「如し」表達了「光陰似箭」的「似」，白話一點也就是漢字中所呈現的「如」，再口語一點，就是「像」。而「～ごとく」、「～ごとき」和「如し」字源相同，如果寫漢字的話就是「～如く」、「～如き」。這裡就要請大家想一想，我們學過的哪個句型可以表達類似中文的「如～」、「像～」呢？

❶ 国際会議の日程は次のように決まりました。

國際會議的日程確定如下。

❷ 国際会議の日程は次のごとく決まりました。

國際會議的日程確定如下。

　想到了嗎？就是「～よう」。但是「～よう」本身有很多功能，要小心區分，這裡跟目的、動詞意向形沒有關係，而是跟「舉例」、「推測」、「比喻」，也就是平時我們會記為「～ようだ」的這組句型比較有關。不過再精確一點來說的話，我們討論的「～ごとく」、「～ごとき」並不包含「推測」用法，所以只有「舉例」和「比喻」兩個用法。大家比較一下這兩個例句，例句 ❶ 用到了「～ように」、例句 ❷ 用到了「～ごとく」，兩句話的意思沒有太大的不同，「如下」就是「舉例」的典型用法，唯一的差別就只在於「次のごとく」比「次のように」文言一些。

---

❸ 社長は氷のように冷たい人だ。

社長是一個冷得像冰的人。

❹ 社長は氷のごとく冷たい人だ。

社長是一個冷得像冰的人。

　接下來看一下例句 ❸ 和例句 ❹，這個時候的「氷のように」和「氷のごとく」就成了「比喻」，用「氷」來比喻「冷たい」的程度，中文一樣可以用「如～」、「像～」來表示。

---

❺ 母はすべて知っているかのように私を見ていた。

媽媽好像知道一切般地看著我。

❻ 母はすべて知っているかのごとく私を見ていた。

媽媽好像知道一切般地看著我。

　N2 的「～かのように」不知道大家有沒有學過，一般都說這個句型是「比喻」句型的強調說法，其實應該這麼說，因為「～ように」有可能會是「舉例」也有可

能是「推測」或「比喻」，所以為了避免誤會的發生，只要用了「～かのように」就一定是比喻。同時這也告訴我們「～ごとく」也可說成「～かのごとく」，意思是相同的不用擔心。

「～ごとき」：如～的、像～的（表示舉例或比喻）

動詞常體 ＋ **ごとき** ＋ **名詞**

名詞 の ＋ **ごとき** ＋ **名詞**

名詞 ＋ **ごとき**

註：「名詞ごとき」為複合名詞用法

「～ごとき」和「～ごとく」有什麼差異呢？如果對初級日文熟悉一點的同學生該已經猜到了。前面的例句裡和「～ごとく」相對應的都是「～ように」，那麼和「～ごとき」相對應的應該是……「～ような」，大家猜對了嗎？

❼ 国際会議は次のような日程で行います。

國際會議將照如下的日程舉行。

❽ 国際会議は次のごとき日程で行います。

國際會議將照如下的日程舉行。

把一開始的例句 ❶ 和例句 ❷ 稍微調整一下，就成為使用「～ような」和「～ごとき」的例句 ❼ 和例句 ❽。從上面這八個例句，我們就可以複習並推論出這幾個句型的使用方式了。例句 ❶ 和例句 ❺ 裡的「～ように」修飾動詞，例句 ❸ 的「～ように」修飾形容詞，都是屬於廣義的副詞用法，修飾後面的句子；相同地，例句 ❷ 和例句 ❻ 的「～ごとく」修飾動詞，例句 ❹ 的「～ごとく」修飾形容詞，一樣都屬於修飾後面句子的副詞用法。可是例句 ❼ 和例句 ❽ 就不一樣了，不管是「～ような」還是「～ごとき」，都是用來修飾後面名詞的形容詞。發現了嗎？例

句 ❶ 和例句 ❷ 修飾的是動詞「決まりました」，例句 ❼ 和例句 ❽ 修飾的是名詞「日程」，大家就可以知道，「〜ごとき」和「〜ごとく」的差異，其實就像是「〜ような」和「〜ように」的差異。

❾ 私のような初心者にこんな大切な仕事が任せられるか。
　能夠把這麼重大的工作交給我這種新手嗎？

❿ 私のごとき初心者にこんな大切な仕事が任せられるか。
　能夠把這麼重大的工作交給我這種新手嗎？

　　表示「舉例」的例句 ❼ 和例句 ❽ 可以用「〜ような」和「〜ごとき」，表示「比喻」時，當然也可以用「〜ような」和「〜ごとき」說成例句 ❾ 和例句 ❿，而且這個時候常常帶有輕視、瞧不起（如果是提到自己，則是有點謙虛的感覺），這也是「〜ごとき」這個句型的特色。

- -

〜ようだ・〜ごとし（用於句尾）
〜ように・〜ごとく（用於句中）
〜ような・〜ごとき（修飾名詞）

　　最後整理一下，就像「〜ようだ」、「〜ように」、「〜ような」各自會乖乖的出現在句尾、句中或是名詞前；「〜ごとし」、「〜ごとく」、「〜ごとき」一樣各司其職，這就是為什麼「光陰矢の如し」的結尾是「如し」，而一開始出現的問題也可以迎刃而解了。大家看一下例句 ⓫ 的「〜ごとき」之後，根本沒有名詞可供修飾，所以這句話當然不正確，要使用「〜ごとく」說成例句 ⓬ 才正確，這就是為什麼我們要記「〜ごとく」用於句中、「〜ごとき」用來修飾名詞。

⓫（✕）予想したごとき、やはり今年もあのチームが優勝した。

⓬（○）予想したごとく、やはり今年もあのチームが優勝した。
　　　　一如預期，果然今年也是那一隊冠軍。

練習：請選出正確答案

① 専門家が予想した {ごとく・ごとき}、事態は悪化してきた。

② 下記の {ごとく・ごとき} 日程で職場見学を実施する。

③ 前述の {ごとく・ごとき}、地球の温暖化は確実に進んできている。

④ 君の {ごとく・ごとき} 若者に負けるものか。

⑤ 彼女は実際に見ていた {かのごとく・かのごとき} 話した。

⑥ この仕事は私 {ごとく・ごとき} には無理です。

解答＋關鍵字提示

① ごとく（如專家所預測的，情況漸漸惡化了。）
後面的句子「事態は悪化してきた」是這裡要修飾的標的，所以應該選「ごとく」。

② ごとき（依下列行程實施企業參訪。）
名詞「日程」是這裡要修飾的標的，所以應該選「ごとき」。

③ ごとく（如前述，地球暖化確實持續中。）
後面的句子「地球の温暖化は確実に進んできている」是這裡要修飾的標的，所以應該選「ごとく」。

④ ごとき（我會輸給你這種年輕人嗎！）
名詞「若者」是這裡要修飾的標的，所以應該選「ごとき」。

⑤ かのごとく（她說得好像自己親眼看到。）
後面完全沒有名詞，所以應該排除「～ごとき」相關用法的可能性，所以應該選「かのごとく」。

⑥ ごとき（這項工作對我這種人來說太勉強了。）
「～ごとき」可以直接放在名詞之後構成複合名詞，但是「～ごとく」不行，所以應該選「ごとき」。

24

第24課

那個人至少有一百公斤

〜からある／
〜からする

⏵ 自分の店を持つには 300 万円からある資金が必要
だ。

要擁有自己的店至少需要 300 萬日圓的資金。

 老師，說實話，我一直很瞧不起這兩個句型，「〜からする」、「〜からある」？這算什麼句型？不過，這裡要選哪一個才好呢？

 「〜からする」和「〜からある」真的可以算是 N1 句型中的隱藏版，如果沒有真的好好準備過，你一定以為它們只是走錯路的 N5 句型，要選哪一個呢？不要問，很可怕！

「〜からある」：起碼有〜、至少有〜（強調數量很多）

數量詞 ＋ **からある**

數量詞 ＋ **からの**

先從比較基本的「〜からある」這個句型談起吧，一點都不起眼的句型對吧。「から」是表示起點的助詞、「ある」是表示存在的動詞，前面再加上個數量詞，再簡單不過的三個東西放在一起之後，好像也沒什麼特別的。如果你是這樣想，非常好，觀念正確。那就先考你一下，例句 ❶ 變成例句 ❷ 產生了什麼變化了嗎？

❶ あの人は体重が百キロ<u>ある</u>。

那個人的體重有一百公斤。

❷ あの人は体重が百キロ<u>からある</u>。

那個人的體重有上百公斤。

　　有沒有注意到「百キロ」是數量詞，從例句 ❶ 可以發現，數量詞後其實不需要加上任何助詞就能與動詞連接。可是如果我們在數量詞後面加上表示起點的助詞「から」，就會產生一個可怕的變化，那就是……他變胖了。原本剛剛好一百公斤，加上「から」構成例句 ❷ 之後，就變成了「上」百公斤，也就是他就從「剛好一百公斤」變成了「起碼有一百公斤」、「至少有一百公斤」。

----

❸ あそこに 2 メートル<u>ある</u>男の人が立っている。

那裡站著一個身高兩百公分的男性。

❹ あそこに 2 メートル<u>からある</u>男の人が立っている。

那裡站著一個身高起碼兩百公分的男性。

❺ あそこに 2 メートル<u>からの</u>男の人が立っている。

那裡站著一個身高起碼兩百公分的男性。

　　大家現在應該知道，「～からある」是個非常非常可怕的句型，因為有了它，會讓人瞬間變胖。你要變長也可以，我是說身長。例句 ❸ 的那個人差不多就是身長兩米，但是加上了「から」之後，例句 ❹ 的那個人就變成了「起碼有兩公尺」這麼高。例句 ❺ 呢？怎麼變成了「～からの」，縮水了嗎？不是，沒有變，就像「陳さんへの手紙」和「陳さんからの手紙」這種利用助詞「の」省略名詞前面的動詞的說法，「～からある」也可以省略「ある」後變成「～からの」。中文翻譯一般不須特別區分，不過就像中文的「起碼有～」也可以變成「起碼～」、「至少有～」也可以變成「至少～」，那大家應該就知道這些文法概念其實是互通的。

「～からする」：起碼值～、至少值～（強調價值很高）

價格 ＋ からする
價格 ＋ からの

　　「～からする」算是「～からある」的衍生用法。只是，表示存在「ある」我們可以理解用來表示數量的存在，常常用來表示動作的「する」這裡是要「做」什麼呢？其實，這裡根本沒有要「做」什麼，因為這裡的「する」其實是個自動詞喔！

❻ いい匂いがした。
　傳來很香的味道。

❼ この車は千万円する。
　這輛車值千萬日圓。

　　應該是嚇到臉都歪了吧！「する」當自動詞，有沒有搞錯？其實大家在 N4 階段就已經接觸過一個自動詞功能的「する」，也就是「五感がする」這個句型，例句 ❻ 就是這個句型的典型說法。「する」的另一個自動詞用法則是用來表示「價值」，以例句 ❼ 來說，這個句子沒有任何「人」「做事」，主詞是「車」，動詞是「する」、動詞前面則是表示金額的「千万円」，這個時候的「する」就可翻譯為「值」，所以我們才說這個「する」用來表示價值。

---

❽ この車は千万円からする。
　這輛車起碼值千萬日圓。

　　剛剛的「～からある」可以讓你瞬間變胖、瞬間變長，「～からする」則是馬上讓你身價上漲。例句 ❼ 的那台車值一千萬日圓，加上了「から」之後，例句 ❽ 的那台車就值「上」千萬日圓，厲害了吧！「～からする」和「～からある」一樣可以修飾名詞，所以把例句 ❽ 稍微調整一下就成了例句 ❾。接著又可以像「～か

らある」變成「～からの」一樣，例句 ❾ 的「～からする」裡的「する」也可以用「の」代替，變成例句 ❿ 的「～からの」。咦？一樣！是的，一樣。這次是不是嚇到吃手手了呀！別擔心，既然「～からある」和「～からする」放在名詞之前都可以用「～からの」，表示這個時候我們不需要區分不是嗎？要擔心的，當然還是如何從「～からする」和「～からある」之中選出一個。

❾ 彼は千万円からする車を何台も持っている。

他有好幾輛值上千萬的車。

❿ 彼は千万円からの車を何台も持っている。

他有好幾輛值上千萬的車。

接下來就來看一開始的句子，例句 ⓫ 和例句 ⓬ 哪個正確？大家是不是覺得老師太小看各位了，既然談錢，當然是用了「～からする」的例句 ⓫ 才正確呀！很遺憾的……錯！你要臉歪、吃手、翻桌都隨便你。你想想，我們會說有多少資金還是價值多少資金呢？雖然出現了錢，但是現在並不是在談價值，所以這裡不應該用「300 万円からする」（起碼值 300 萬日圓），而是「300 万円からある」（起碼有 300 萬日圓）才正確喔。我就說了，這一題不要問，很可怕！

⓫（×）自分の店を持つには 300 万円からする資金が必要だ。

⓬（○）自分の店を持つには 300 万円からある資金が必要だ。

要擁有自己的店至少需要 300 萬日圓的資金。

練習：請選出正確答案

❶ このかばんは 100 万円 {からある・からする} なんて、信じられない。

❷ 田中君は 500 ページ {からある・からする} 小説を 1 日で読み終えた。

❸ あの店で 2 万円 {からある・からする} スカートを買わされた。

❹ 新聞によるとあの会社は 10 億円 {からある・からする} 借金を抱えているそうだ。

❺ あのラーメン屋は人気があって、毎日 2000 人 {からの・からする} 客が来るという。

❻ コンサートに集まった人は 50000 人 {からする・からいる} 。

解答＋關鍵字提示

❶ からする（這個包包居然值上百萬日圓，真是難以置信。）
此句的「100 万円」是價值不是數量，所以應該選「からする」。

❷ からある（田中同學一天就看完起碼五百頁的小説。）
此句的「500 ページ」是數量不是價值，所以應該選「からある」。

❸ からする（在那家店被逼著買了價值兩萬多日圓的裙子。）
此句的「2 万円」是價值不是數量，所以應該選「からする」。

❹ からある（據報紙報導，那家公司負債超過十億。）
此句的「10 億円」是負債的金額不是物品價值，所以應該選「からある」。

❺ からの（那家拉麵店很受歡迎，聽説每天來客數兩千多人。）
此句的「2000 人」是數量不是價值，所以應該選「からの」。

❻ からいる（演唱會聚集了至少五萬人。）
此句的「50000 人」是數量不是價值，且是人不是物，所以應該選意思等同於「からある」的「からいる」。

第 25 課

隨便你要不要做

25

～ようが～まいが／
～ようか～まいか

▶ やろうがやるまいが、あなたの勝手です。
做不做隨便你。

 老師，我發誓，這句話我不可能會錯。我已經看得非常清楚，當然是「やろうかやるまいか」不可能是「やろうがやるまいが」的啦！

 同學，被你一問，老師戲癮都來了，to be or not to be……等等，你是大名鼎鼎的哈姆雷特嗎？失敬失敬，可是，那兩點是被他的大兒子哈姆太郎吃掉了嗎？

「～（よ）うが～まいが」：不管要～還是不要～
（表示涵蓋所有狀況 1）

動詞意向形 ＋ **が** ＋ **動詞まい形** ＋ **が**

い形容詞 い ＋ **かろうが** ＋ **い形容詞 いくなかろうが**

な形容詞 ＋ **であろうがなかろうが**

名詞 ＋ **であろうがなかろうが**

註 1：「であろう」也可以說成「だろう」
註 2：所有的「が」都可以變成「と」

先講好，各位這一回要面對的是 N1 最龐大的一群文法，以軍事來說，他們的兵力已經超過一個軍團，根本就是一個航空母艦戰鬥群。涵蓋的文法種類就像母艦和艦載的戰機外還要有巡航艦、驅逐艦、補給艦、潛艦……簡單來說，你慘了。欸……不是啦，是只要你好好學，一次就可以攻破至少 6 組句型。不過如果你學不好或是不學好……那 N1 考試就可能全軍覆沒啦！

來看看前面的亂七八糟連接規則，光連接規則的陣仗就夠大了吧。動詞用意向形連接，嗯，應該是這群規則中大家最熟悉的。那，什麼是「まい形」呢？其實就是意向形的否定，如果是第一類動詞的話，辭書形直接加上「まい」就好，例如「飲む」變成「飲むまい」；如果是第二類動詞，除了還是可以用辭書形連接，還可以用ます形連接，例如「食べる」可以說成「食べるまい」、也可以說成「食べまい」；第三類動詞的變化就更多了，「する」可以說成「するまい」、「すまい」、「しまい」，「来る」可以說成「来るまい」、「来まい」。

了解了動詞是使用意向形構成此句型之後，名詞和な形容詞後面加上的「であろう」或是「だろう」大家應該就比較能釋懷了，畢竟常體語尾「だ」源自於「である」，把「である」照著意向形變化規則的確也就成為「であろう」，既然如此「だ」就會成為「だろう」。

剩下來的い形容詞因為現代文跟古文的說法變化較大，大家就比較難懂了。簡單來說就是い形容詞的意向形語尾是去「い」加「かろう」，這也就可以解釋為何否定時會加上「くなかろう」。同時也可以從中得知名詞和な形容詞後面的「なかろう」應該是「ではない」變成「ではなかろう」之後省略「では」的結果。

好了，連接規則都解釋完畢，最可怕的是，我們根本還沒開始解釋句型的意義呀！很顯然，這個句型大量用到意向形的相關變化，所以這個句型跟意向形……沒關係！沒關係！沒關係！因為很重要，所以要說三次。

為什麼有意向形卻跟意向形沒關係呢？大家想想，意向形理論上是不是應該出現在句尾才恰當？既然如此，句子中間的意向形一定是假的，是我們眼睛業障重呀！因此到了 N1 階段，老師常常會提醒同學，要是句子中間出現疑似命令形或是疑似意向形的東西，一定要把持住自己，它們是假的，是幻覺。

到底這群疑似意向形的東西到底是什麼呢？它們的意思都跟表示逆態接續的

「～ても」有關，因此「～（よ）うが～まいが」其實就是「～ても～なくても」（不管要～還是不要～）。可是為何它們長得這麼像意向形呢？這是因為古文的動詞變化規則和現代文不一樣，所以只是巧合長得像，就像夏于喬和宋芸樺、包偉銘和朴海鎮、張惠妹和阿密特、金城武和明金城（咦，後面兩組怪怪 der）。

再回頭看一下前面變化規則的註 2，所有的「が」都可以變成「と」。這什麼奇怪的規則，「が」和「と」怎麼會牽扯在一起？這一點就證明了句型裡的「が」根本和現代文的助詞「が」無關，是古文用法，所以換成表示內容的「と」也完全正確。

❶ 君が行こうが行くまいが、私には関係ないことだ。
你去不去都跟我沒關係。

❷ 君が行こうと行くまいと、私には関係ないことだ。
你去不去都跟我沒關係。

❸ 君が行っても行かなくても、私には関係ないことだ。
你去不去都跟我沒關係。

好的，我們已經解決了兩個主要的問題，那就是「～（よ）うが～まいが」跟「～（よ）うと～まいと」其實一樣，不需要區分，而它們的意思就是「～ても～なくても」（不管要～還是不要～）。既然如此，例句 ❶、例句 ❷、例句 ❸ 都正確，意思也都相同，這樣大家都理解了嗎？這是因為只要兩個表示逆態接續的「～ても」在一起時，就是用來表示涵蓋所有狀況，例如「～ても～ても」就有「不管～還是～，都～」的意思。

當然，所謂的「涵蓋所有狀況」，我們要注意的就是如何才能涵蓋所有。我們所討論的「～（よ）うが～まいが」這個句型之所以和「～ても～なくても」相同，就是因為同時用了肯定和否定，既然涵蓋正反兩面，當然涵蓋了所有的狀況。這個句型有一個變形用法，一般都是說成「～（よ）うが～（よ）うが」，其實就是把原本一個行為的肯定否定變成兩個相對的行為，既然行為相對，自然也能涵蓋所有狀況，例如「出門」和「在家」不就涵蓋了所有的可能性嗎？因此就形成了例句 ❹、例句 ❺、例句 ❻ 這樣的說法。

❹ 出_でかけようが家_{いえ}にいようが、私_{わたし}には関係_{かんけい}ないことだ。

不管你要出門還是待在家裡，都跟我沒關係。

❺ 出_でかけようと家_{いえ}にいようと、私_{わたし}には関係_{かんけい}ないことだ。

不管你要出門還是待在家裡，都跟我沒關係。

❻ 出_でかけても家_{いえ}にいても、私_{わたし}には関係_{かんけい}ないことだ。

不管你要出門還是待在家裡，都跟我沒關係。

　　結束了嗎？還沒，要涵蓋所有情況可以用肯定否定、也可以用相對行為，還有一個方式，就是用疑問詞。初級大家應該就學過一個概念，那就是「疑問詞＋でも」會構成全面肯定，例如「誰_{だれ}でもわかる」（任誰都懂）、「何_{なん}でも食_たべる」（什麼都吃）。既然如此，如果前半個句子已經出現疑問詞的話，就只需要一次的「～（よ）うが」，說成「（疑問詞）～（よ）うが」就可以了。大家看一下例句 ❼、例句 ❽、例句 ❾，是不是完全懂了啊？

「（疑問詞）～（よ）うが」：不管要～
（表示涵蓋所有狀況3）

❼ 君_{きみ}はどこへ行_いこうが、私_{わたし}には関係_{かんけい}ないことだ。

不管你去哪裡，都跟我沒關係。

❽ 君はどこへ行こうと、私には関係ないことだ。

不管你去哪裡，都跟我沒關係。

❾ 君はどこへ行っても、私には関係ないことだ。

不管你去哪裡，都跟我沒關係。

我們回到一開始的這個句子吧！你是不是開始懊惱為什麼會被哈姆太郎吃掉那兩點呢？當「が」變成了「か」，句子就從正確的例句 ❿ 變成錯誤的例句 ⓫，少了兩點，真的差很多呀！

❿（○）やろうがやるまいが、あなたの勝手です。

做不做隨便你。

⓫（×）やろうかやるまいか、あなたの勝手です。

「～（よ）うか～まいか」：要～還是不要～
（表示不知如何是好）

動詞意向形 ＋ か ＋ 動詞まい形 ＋ か

問題看來結束了，很遺憾，我們還不能下課，因為一波未平一波又起呀。前面航空母艦戰鬥群展示了他們的兵力，我們總是要有因應之道，所以老師還是得談一下被吃掉兩點的「～（よ）うか～まいか」這個句型。

⓬（×）やろうがやるまいが、悩んでいます。

⓭（○）やろうかやるまいか、悩んでいます。

在煩惱要不要做。

如果日文只有「～（よ）うが～まいが」，根本沒有「～（よ）うか～まいか」
這個句型的話，我們根本不用討論太多。在以前，我會建議你到『林老師日語診所』
處理，可是診所現在停診中，我可能必須轉介你到關係企業『林老師日語眼科』解
決。但是看一下例句 ⓬ 和例句 ⓭，再對照一下例句 ⓾ 和例句 ⓫ 你就知道，真正
的問題卻是「～（よ）うか～まいか」是個實際存在的句型，而且永遠會和「～（よ）
うが～まいが」一起攻擊我們。嚴重的是，如果「～（よ）うが～まいが」是母艦，
「～（よ）うか～まいか」就是水底下的潛艦，令人傷腦筋吧！沒錯，它就是「傷
腦筋句型」，哈姆雷特的名句「to be or not to be（that is the question）」不就是在
傷腦筋？可是老師必須賣個關子，因為今天時間到了，我要下班了。欲知後事如
何，且聽下回分解。

練習：請選出正確答案，有可能兩者皆是

❶ 高かろう｛が・と｝、高くなかろう｛が・と｝、ほしい物はほしい。

❷ 雨が降ろう｛と・か｝、雪が降ろう｛と・か｝、マラソン大会が行われます。

❸ パーティーに参加しよう｛か・が｝しまい｛か・が｝、皆さんの自由です。

❹ 何をしよう｛と・か｝私の自由でしょう。

❺ 病気だろう｛が・と｝、なかろう｛が・と｝、仕事は休めない。

❻ 今度の旅行に行こう｛か・が｝行くまい｛か・が｝、迷っています。

✎ 解答＋關鍵字提示

❶ **兩者皆是（不管貴不貴，想要就想要。）**

不管價格如何，說話者夠任性了吧！這個時候「が」和「と」都對，正確答案兩者皆是。

❷ **と・と（不管下雨還是下雪，馬拉松大賽都會舉行。）**

風雨無阻就是不管天氣如何，應該使用「涵蓋所有狀況」的句型，所以應該選「と・と」。

❸ **が・が（要不要參加是各位的自由。）**

大家可以任性，要怎麼做就怎麼做，所以應該選「が・が」。

❹ **と（要做什麼是我的自由吧！）**

我也想要任性，要怎麼做就怎麼做，所以應該選「と」。

❺ **兩者皆是（不管有沒有生病，工作都不能請假。）**

「不管～還是～」的「と」、「が」可互換，正確答案兩者皆是。

❻ **か・か（猶豫著要不要參加這次的旅行。）**

只要出現猶豫，就是必須二選一，所以應該選「か・か」。

寶寶心裡苦但寶寶不説

（26）

～かどうか／
～ようか～まいか

▶ 主人に浮気のことを話そうか話すまいか悩んでいます。
烦惱著要不要告訴老公外遇的事。

 老師，寶寶心裡苦，但是寶寶不説。

 噓，小聲點，不然會被聽見。正所謂清官難斷家務事，所以我沒辦法給你建議。不過你要先確定一件事，就是你是自言自語還是找人告解？我建議這件事情先擱在心裡，不要貿然説出口。否則，隔牆有耳，如果尊夫婿也是我的讀者你就慘了喔。

「～かどうか」：（不知道）是不是～、（不知道）要不要～、
（不知道）會不會～（不知道句型）

動詞常體 ＋ かどうか

い形容詞常體 ＋ かどうか

な形容詞常體 ＋ かどうか

名詞常體 ＋ かどうか

註：な形容詞和名詞後的「だ」可省略

　　「～かどうか」這個句型其實應該算是 N4 句型的隱藏版，所謂的隱藏版，不是說它很少出現，其實它出現的頻率可高的呢！而是因為這個句型沒有什麼正式的名稱，學習的時候總沒辦法讓大家感受到它的存在。但是它真的很重要，所以老師率先日文界幫它取了個名字，雖然它也許不願意，但是我一直叫它「不知道句型」。

❶ 彼は来るかどうかわからない。
　　我不知道他要不要來。

❷ 彼は冷たいかどうかわからない。
　　我不知道他冷不冷漠。

❸ 彼は親切かどうかわからない。
　　我不知道他親不親切。

❹ 彼は日本人かどうかわからない。
　　我不知道他是不是日本人。

　　為什麼我要把「～かどうか」稱為「不知道句型」呢？因為只要出現它，後面幾乎都會像例句 ❶、例句 ❷、例句 ❸、例句 ❹ 一樣伴隨著「不知道」。一定是「わからない」嗎？當然不一定，但總是跟不知道有關。

❺ 彼は来るかどうか聞いてください。
　　請問一下他會不會來。

❻ 彼は冷たいかどうか教えてください。
　　請告訴我他冷不冷漠。

❼ 彼は親切かどうか教えましょう。
　　我告訴你他親不親切吧！

❽ 彼は日本人かどうかわかった。
　　我知道他是不是日本人了。

　　為什麼例句 ❺ 要請人去問，因為自己不知道；為什麼例句 ❻ 要請別人告訴自己，因為自己不知道；為什麼例句 ❼ 要告訴對方，因為對方不知道；為什麼例句

❽ 知道了，因為剛剛不知道呀！

---

❾（×）彼<ruby>かれ</ruby>はいつ来<ruby>く</ruby>るかどうかわからない。

❿（○）彼<ruby>かれ</ruby>はいつ来<ruby>く</ruby>るかわからない。
我不知道他何時會來。

⓫（×）彼<ruby>かれ</ruby>はどこの人<ruby>ひと</ruby>かどうか教<ruby>おし</ruby>えてください。

⓬（○）彼<ruby>かれ</ruby>はどこの人<ruby>ひと</ruby>か教<ruby>おし</ruby>えてください。
請告訴我他是哪裡人。

「～かどうか」裡「どう」，其實就是代替了另一面的行為，也就是如果前面是肯定，後面就會是否定。但是有一個情況是不需要「どうか」的，那就是如果前面這個子句已經有疑問詞的話，就不需要了。簡單來說，Yes／No問句就要「どうか」，反之WH問句就不需要例外加上「どうか」。所以大家就不要說出例句 ❾、例句 ⓫ 這種完全沒有意義的句子，要記住，例句 ❿、例句 ⓬ 才是對的喔！

「～（よ）うか～まいか」：（在煩惱）要不要～（傷腦筋句型 1）

動詞意向形 ＋ か ＋ 動詞まい形 ＋ か

如果說「～かどうか」是「不知道句型」，那「～（よ）うか～まいか」肯定是「傷腦筋句型」了。但是我們先不談「不知道」和「傷腦筋」的差別，先處理一下「～（よ）うか～まいか」的基本用法和接續方式吧！

⓭ 会社<ruby>かいしゃ</ruby>をやめようがやめるまいが私<ruby>わたし</ruby>の自由<ruby>じゆう</ruby>だ。
要不要辭職是我的自由。

⓮ 会社<ruby>かいしゃ</ruby>をやめようかやめるまいか迷<ruby>まよ</ruby>っている。
猶豫著要不要辭職。

請先戴起眼鏡，確認一下有兩點和沒兩點的問題吧。例句 ⑬ 是前一回的「～（よ）うが～まいが」句型，跟我們這次討論的沒有關係，我們要討論的是例句 ⑭ 裡的「～（よ）うか～まいか」。這兩個句型都用到了動詞意向形和動詞まい形，所以會造成它們之間的意義完全不同絕對是因為「～か～か」。助詞「か」除了一般當作疑問助詞外，還有「二擇一」的功能，因此「～（よ）うか～まいか」是二擇一；「～（よ）うが～まいが」卻是涵蓋所有狀況。因此例句 ⑬ 背後的意思是無論什麼事你都不要管，例句 ⑭ 則是針對辭職與否而猶豫。

「～（よ）うか～（よ）うか」：（在煩惱）要～還是要～（傷腦筋句型 2）

動詞意向形 ＋ **か** ＋ **動詞意向形** ＋ **か**

「疑問詞＋～（よ）うか」：（在煩惱）要如何～（傷腦筋句型 3）

疑問詞 ＋ **動詞意向形** ＋ **か**

前一回的「～（よ）うが～まいが」不是還可分成好幾個用法嗎？「～（よ）うか～まいか」這個句型也不遑多讓，「～（よ）うが～まいが」有的，它也都有。簡單來說就是一個行為的正反兩面也可改為意義相反的兩個行為，這個時候就像例句 ⑮ 一樣，使用兩個意向形構成「～（よ）うか～（よ）うか」；除此之外，也可以像例句 ⑯ 這樣直接用疑問詞說成「疑問詞＋～（よ）うか」，此時當然只需要出現一個行為就夠了。

⓯ 進学しようか就職しようか迷っている。

猶豫著要升學還是就業。

⓰ 何をしようか迷っている。

猶豫著要做什麼。

好了，現在大家知道為什麼「隨便你」、「我的自由」就要用「～（よ）うが～まいが」；但是「煩惱」、「猶豫」就要用「～（よ）うか～（よ）うか」了吧！趕快記住喔，不然等一下的練習就會讓你選得不要不要的！

接著就是「不知道」和「傷腦筋」的問題了，討論這個問題前，要先確定大家是否分得出動詞辭書形和動詞意向形在句子裡的真正差異。動詞「食べる」的意思是「吃」，但是這是單字的意思，如果成為例句 ⓱，就不能只說成「吃」，而是「我要吃」，也就是雖然看起來只是一個字，但是卻明確的「告知」對方說話者即將進行的行為，也就是如果四下無人你卻說了一句「食べる」。嗯，很可怕，有可能你看得到我們看不到的人，所以對他（？）說，不然就是最近壓力有點大，產生了幻覺，你還是在對他（？）說。

⓱ 食べる。

我要吃。

⓲ 食べよう。

吃吧！（1. 提議；2. 自言自語）

例句 ⓲ 的基本意思大家就沒問題了，動詞意向形的確可以是「提議」句型「～ましょう」的常體，所以一樣可以用來表示提議。但是第二個用法大家就覺得「咦，自言自語？」，搞不懂了吧！剛剛不是說四下無人不可以說「食べる」嗎？因為使用了辭書形的話，肯定語尾就是說話時有「對象」，要進行「告知」。換言之，四下無人想偷吃一口，要說「食べよう」才恰當。當然，不一定要四下無人，你中午休息一個人帶著餐盒在公園享受陽光時，打開餐盒說聲「吃吧」很正常吧！旁邊聽到的人不可能誤以為你正在進行神秘的祭拜儀式吧，不過如果你說「食べる」，他反而會想「幹嘛跟我說」喔！

⓳ 旅行に参加するかどうかわからない。

我不知道要不要參加旅行。

⓴ 旅行に参加しようかすまいか迷っている。

猶豫著要不要參加旅行。

　　終於可以開始傷腦筋「傷腦筋」和「不知道」了，「～かどうか」這個「不知道句型」前面通常會出現辭書形為主，因為它比較常用來「告訴」別人自己不知道，因此例句 ⓳ 就是很普遍的說法；可是「～（よ）うか～（よ）うか」這個「傷腦筋句型」是用來表達內心的猶豫、困惑，雖然講話總是要講給人聽的，但是與其說是「告知」，還不如說是利用自言自語的方式講出內心的 OS，是把心裡的小劇場呈現出來。

㉑ 旅行に参加しようかすまいかわからない。

不知道要不要參加旅行。

㉒ 旅行に参加するかどうか迷っている。

我正猶豫著要不要參加旅行。

　　大家看看，例句 ㉑ 和例句 ㉒ 就知道，這兩個句型之間是可以互換的，這個時候的例句 ㉑ 就變成了說出自己傷腦筋的事情；例句 ㉒ 反而就成了告訴別人自己不知道的事情喔！有沒有發現，翻譯中文時有一個關鍵字，出現「我」的時候，一般就用來「告知」；反之，沒有「我」，就有可能是自言自語。

　　回到一開始的這句話，如果你是跟你的閨中密友請求支援，問該怎麼辦？那就說成例句 ㉓；不過，如果你只是自己說說自己的煩惱，沒有要聽她們的建議的話，就說成例句 ㉔ 就好了。

㉓ 主人に浮気のことを話すかどうか悩んでいます。

我正煩惱著要不要告訴老公外遇的事。

❷⁴主人に浮気のことを話そうか話すまいか悩んでいます。

煩惱著要不要告訴老公外遇的事。

大家可能會覺得，自言自語為什麼還要大聲嚷嚷呢？哈姆雷特的第三幕開頭，就是哈姆雷特很長的一段獨白，開頭就是「to be or not to be」，把自己的煩惱用嘴巴說出來，是大家都會做的事不是嗎？

✎ 練習：請選出正確答案

❶ あなたが {出席しようがすまいが・出席しようかすまいか}、私は出席します。

❷ 彼女と {結婚しようがわかれようが・結婚しようかわかれようか}、考えています。

❸ {遊ぼうと勉強しようと・遊ぼうか勉強しようか} あなたの自由だ。

❹ 旅行に {参加しようがすまいが・参加しようかすまいか} 両親に相談してみようか。

❺ 彼女はいつ離婚した {かどうか・か}、わかりません。

❻ どこへ {留学しようかすまいか・留学しようか} 先生に相談してみようか。

📝 解答＋關鍵字提示

❶ 出席しようがすまいが（**不管你出不出席，我都會出席。**）

你出席和我出席無關，所以一定不是二選一，應選「出席しようがしまいが」。

❷ 結婚しようかわかれようか（**思考著要和她結婚還是分手。**）

既然要思考，那就分手吧……不是啦，就一定是二選一，所以要選「結婚しようかわかれようか」。

❸ 遊ぼうと勉強しようと（**要讀書還是要玩是你的自由。**）

既然是隨便你，就不會是二選一，所以要選「遊ぼうと勉強しようと」。

❹ 参加しようかするまいか（**跟父母討論一下要不要去旅行吧！**）

要討論就是不知道怎麼辦，所以是二選一，應該選「参加しようかすまいか」。

❺ か（**不知道她何時離婚的。**）

前面出現疑問詞「いつ」，所以不能加上「～かどうか」，應該選「か」。

❻ 留学しようか（**跟老師討論一下要去哪裡留學吧！**）

前面有疑問詞「どこ」，不需要否定的「すまいか」，應選「留学しようか」。

第 27 課

因為這樣，所以那樣

〜とあって／〜にあって

しゅうしょくなん じ だい   しゅうしょくさき じ ぶん さが   よう
▶ 就職難の時代にあって、就職先を自分で捜すのは容
い
易ではない。
在求職困難的時代，要自己找工作並不容易。

 老師您好，現在這麼不景氣，找工作當然不容易，所以這句話應該用表示因果的「〜とあって」沒錯吧？

 同學，很遺憾你沒有一個富爸爸，不過「在」就業這麼困難的時代，你好好學日文，也許有一天可以當別人的富爸爸。

「〜とあって」：因為〜、由於〜（表示因果關係）

動詞常體 ＋ とあって

名詞 ＋ とあって

　　如果你了解「〜とあって」表示原因理由，那一切都變得容易，但是前提是你要真的了解就是了。「〜とあって」是由助詞「と」和動詞「ある」構成的。只是這裡的「ある」並不是表示存在的那個「ある」，其實是一般我們稱之為文章體的「である」，也就是大家可以將前面的助詞「と」視為「で」，整個句型「〜とあって」其實就是「〜であって」。

だ ➡ である ➡ 〜とあって
で ➡ 〜であって

　　先回到「である」，雖然它被稱為代替口語語尾「だ」的文章體，但不代表只要是文章就一定要用「である」。而是因為講話時往往帶有說話者主觀的判斷、斷定感，所以「だ」是最恰當的語尾。可是如果只是要提出事實的時候，必須將主觀的「判斷」去除，這個時候就會用「である」，表示並非個人觀點，而是陳述事實。最常出現的時機，當然就是書寫文章時，所以「である」就成為了文章體。

　　而「だ」變成「で」出現在句子中間時，往往可以表示原因。雖然這個原因是屬於自然的原因，但是還是帶有說話者的判斷。因此如果想要表達是說話者「觀察」而得知的原因，就可以將「である」變成「であって」，也就成了 N1 句型的「〜とあって」。

❶ 桜が満開で、上野公園は人でいっぱいだった。
　　櫻花盛開，上野公園滿滿都是人。

❷ 桜が満開とあって、上野公園は人でいっぱいだった。
　　櫻花盛開，上野公園滿滿都是人。

　　既然如此，大家先放一百二十個心，那就是名詞後面的「〜とあって」如果改成「〜で」，句子一定還是對的。例句 ❶ 和例句 ❷ 都正確，意思差異也不大，如果一定要區分的話，例句 ❷ 的說話者是用比較冷靜的態度，他也許只是從公園旁路過，看到萬頭鑽動的景象而說了這句話；例句 ❶ 呢？當然不會賞櫻變成賞楓。不要學了新的就忘了舊的，這句話是最基本的因果關係句，就是用來表示櫻花盛開和公園滿滿是人的因果關係，人在哪裡？在公園裡說出這句話當然很合理啊。

❸（×）夏休みが始まったで、子供たちはみんなうれしそうだ。
❹（〇）夏休みが始まって、子供たちはみんなうれしそうだ。
　　暑假開始了，孩子們大家看起來都很開心。

❺（○）夏休みが始まったとあって、子供たちはみんなうれしそうだ。

暑假開始了，孩子們大家看起來都很開心。

「～とあって」這個句型的特別之處就是它的前面除了接名詞，也能像例句 ❺ 這樣接動詞常體。當然，助詞「～で」的前面就不可能接動詞了，所以例句 ❸ 不恰當。怎麼改？把動詞換成て形說成例句 ❹ 不就好了。那例句 ❹ 和例句 ❺ 有什麼差異呢？在臺灣，每年的六月底、七月初是放暑假的時間，這個時候即使你早就出社會了，也可以看到路上雀躍的孩子而想到原來是放暑假了，這個時候例句 ❺ 就是個正確的說法，畢竟我們只是旁觀者呀！可是如果你是小學老師，你清清楚楚知道這個來龍去脈，不需要「觀察」，這個時候就會說成例句 ❹。

---

❻ 初めての海外旅行で、みんな興奮していた。

因為是第一次的海外旅行，大家都很興奮。

❼ 初めての海外旅行とあって、みんな興奮していた。

由於是第一次的海外旅行，大家都很興奮。

再舉兩個例子，你第一次是不是超興奮的？我是說第一次出國。當你出國回來，寫心得報告的時候，當然要用例句 ❻，因為你應該是激動者之一；可是如果你是資深領隊，回國寫工作日誌的時候，就要寫例句 ❼，還要學賭王陳金城，加註一句「年輕人終究還是年輕人」，因為此時此刻，你只是個旁觀者啊。

「～にあって」：在～（表示處於某種狀態）

名詞 ＋ にあって

前面的「～とあって」跟「である」有關，和表示存在的「ある」沒有關係。不過這裡的「～にあって」就跟「ある」有直接關係啦。怎麼知道的呢？因為「ある」表示存在時，前面一定會配合表示地點的助詞「に」，既然如此「～にあって」一定就是「在～」。只是，咦，應該有個地點不是嗎？

❽ 水さえない状況にあって、互いに助け合うことが大切だ。

處於連水都沒有的狀況下，互助很重要。

❾ この緊急時にあって、あなたはまだそんなことを言っているの？

在這個緊急時刻，你還在說那種話？

地點？當然沒有，如果前面放地點名詞的話，這應該是 N5 句型，哪會出現在 N1。「～にあって」前面放的是某個特殊的「狀況」，表示身處在這個狀況下。既然如此，例句 ❽ 用到了「狀況」，當然就是這個句型的典型說法。例句 ❾ 雖然沒有明確出現「狀況」之類的字眼，但是「緊急時」指的不就是緊急狀況嗎？

❿ （×） 就職難の時代とあって、就職先を自分で捜すのは容易ではない。

⓫ （〇） 就職難の時代にあって、就職先を自分で捜すのは容易ではない。

在求職困難的時代，要自己找工作並不容易。

現在可以回到一開始的句子了，使用了「～とあって」的例句 ❿ 的錯誤應該很明顯吧，還看不出來嗎？「由於是求職困難的時代，所以要自己找工作很不容易」，怎麼會有一個因果句的前因後果是同一件事，「由於求職困難，所以找工作很困難」這句話就像「由於是爸爸，所以是爸爸」、「因為肚子餓，所以肚子餓」你懂嗎？我是不懂啦！這個時候應該要用「～にあって」來表達「在某個狀況」，所以例句 ⓫ 才是正確的說法，

⓬ （〇） 不景気とあって、就職先を自分で捜すのは容易ではない。

由於不景氣，要自己找工作並不容易。

「老師……」不用說，我知道你在想什麼。你還是很想用「～とあって」來造這個句子對不對？要的話當然可以，但是你要想出真正的因果關係是什麼。找工作不容易的外在原因通常是不景氣，如果把「就職難の時代」改成「不景気」，說成例句 ⓬ 就沒問題了。不過，還是要小心一點，那就是「～とあって」既然是用來觀察，就不會用來表達自己的事情。因此例句 ⓬ 的說話者，一定不會是找不到工作、埋怨自己沒有一個富爸爸的那個人喔。

練習：請選出正確答案

❶ 三連休 {にあって・とあって}、どこの高速道路も渋滞している。

❷ 困難な状況 {にあって・とあって}、あきらめてはいけない。

❸ 電車が遅れている {にあって・とあって}、人がたくさん並んで待っている。

❹ この非常時 {にあって・とあって}、どのように行動すべきか、それが我々の問題だ。

❺ 人前でスピーチするのは初めて {にあって・とあって}、彼女はすごく緊張していた。

❻ コンピューターの普及した現代 {にあって・とあって}、情報の管理能力が大切だ。

解答＋關鍵字提示

❶ とあって（由於是三天的連續假期，不管哪裡的高速公路都很塞。）

連續假期絕對是塞車的原因無誤，所以應該選「とあって」。

❷ にあって（在困難的狀況下都不可以放棄。）

「困難な状況」當然是特殊狀況，所以應該選「にあって」。

❸ とあって（由於電車誤點，很多人排隊等待著。）

誤點是排隊的原因，所以應該選「とあって」。

❹ にあって（在這個非常時期，應該如何行動才是我們的課題。）

「非常時」是特殊狀況，所以應該選「にあって」。

❺ とあって（由於第一次在眾人面前演講，她非常緊張。）

演講是緊張的原因，所以應該選「とあって」。

❻ にあって（在電腦普及的現代，資訊管理的能力很重要。）

「コンピューターの普及した現代」是這裡要提出的特殊狀況，所以應該選「にあって」。

なり三姉妹與表妹

第 28 課 ～なり／～ならでは

🔊 あそこでは一流ホテルならではの豪華な雰囲気が味わえる。

在那裡可以體驗到一流飯店才有的豪華氣氛。

 老師，我記得「～なり」有「獨特的」的意思，我上次住的那家飯店真的很豪華、很獨特，所以這裡可以說成「一流ホテルなりの豪華な雰囲気」吧？

 是嗎？原來一流飯店有特別的氣息是吧？讓我聞聞，咦，我好像聞不出來你說的一流飯店才有的怪味道呀。是我鼻塞了嗎？

「～なり（の・に）」：～獨特的、～才有的（表示能力所及）

名詞 ＋ なり ＋ （の・に）

> 註：「～なりの」修飾後面的名詞
> 「～なりに」修飾後面的句子

我們講過「つつ三兄弟」，其實「なり三姊妹」也是很厲害的，有要殺要剮隨便你的「～なり～なり」，也有案情並不單純的「～なり」，這裡的「～なり（の・に）」雖然常翻譯為「～獨特的」、「～才有的」，但是並不是真的很厲害，其實常常用來表示能力所及的範圍。

❶ 子どもには子どもなりの見方がある。

小孩有小孩自己的看法。

例句 ❶ 是這個句型最典型的說法，大家想想，當你說出「小孩當然有小孩的看法」這句話時，心裡想的是「有一套，真是不能小看現在的孩子」還是「唉呀，畢竟是個孩子，想法真是天真」？是後者對吧！小孩有小孩的看法，雖然不夠成熟，未必是最好、最正確的見解，但至少是從他們的觀點看事情。因此老師才說「～なり」的「～獨特的」、「～才有的」並不是真的好，以「子どもなり」來說就是小孩才會想到的想法，背後就帶有一點幼稚的感覺。

---

❷ 新製品の開発について、私なりに考えた企画を説明した。
　　關於新產品的開發，我說明了我自己想出來的企劃案。

❸（△）社長は社長なりの考えがある。
　　　　？社長有社長自己的看法。

　　除了「子ども」以外，「私」也是「なり」前面的常客。大家看一下例句 ❷，這樣的說法並不是吹捧自己的想法多特別，反而是有謙虛、客氣的感覺。表示了也許我的想法還不成熟，不過至少是我努力想出來的，就像我們常說的「個人意見，僅供參考」。也因為「～なり」這個特別的意涵，使用上就會有特別的限制，那就是不適合用來說長輩或是上司。大家看看例句 ❸，如果硬要翻譯也行，說成「社長有社長自己的看法」，但是這句話背後暗藏著「你看，那些當老闆的就是會有當老闆的看法，我們這種下面的人是不會懂的」這樣的意思。酸透了吧？所以這一句話一般當作錯誤的說法，不小心說出口你就倒大楣了喔！

---

❹（×）あそこでは一流ホテルなりの豪華な雰囲気が味わえる。

　　這樣大家就知道為什麼一開始的這句話不能用「～なり」說成例句 ❹ 了吧，翻譯起來好像沒什麼問題「一流飯店才有的豪華氣氛」，但是一流飯店背後的「獨特」到底在哪裡，就令人百思不解了。如果說成「古いホテルなりの匂い」也許還勉強可以想像一下，「老飯店才有的味道」……嗯，臭臭……

「～ならでは」：只有～才有的（表示別人不行）

名詞 ＋ ならでは

我們不是說「なり三姊妹」嗎？其實她們還有一個表妹，那就是「～ならでは」。大家不覺得「～ならでは」和「～なり」長得有點像嗎？我知道你們一定回答不覺得，那是因為她們是表親，不是二等親，所以沒辦法一下子就看出來。那就來驗一下 DNA 好了。

なら ― なる ― なり

看到了嗎？不管是「なら」還是「なり」，都是系出同門，來自於「なる」。同時這也表示要看懂「～ならでは」，一定要先會「～なら」這個用法。「～なら」是假定用法之一，是帶有「前提」的假定。例句 ❺ 是一般的陳述，但是變成例句 ❻「如果是那孩子的話辦得到」是不是多了前提呢？

❺ あの子はできる。
　那個孩子辦得到。

❻ あの子ならできる。
　如果是那孩子的話辦得到。

「如果是那孩子的話辦得到」這句話如果換個說法，變成「如果不是那孩子的話辦不到」，事實相同，但是變得更強烈了，這句話用日文表達就成為例句 ❼。繼續文法化、句型化之後，就變成了使用「～ならでは」的例句 ❽。

❼ あの子でなければできない。
　如果不是那孩子的話辦不到。

❽ あの子ならではできない。
　只有那孩子才辦得到。

經過這個變化的過程，大家應該就可以知道「～ならでは」其實是在表示前提的「～なら」之後加上表示範圍、限定的「～では」，用來表示「除了～之外是辦不到的」，所以形成例句 ❽ 之後大家要小心，不是「那孩子的話辦不到」，而是「不是那孩子的話辦不到」的意思喔！

---

❾ これは子どもならではできない発想だ。
這是孩子才想得出來的點子。

❿ この祭りは青森ならでは見られない光景だ。
這個祭典是青森才看得到的景象。

文法化之後的例句 ❽ 其實不算是個完整的句子，因為「～ならでは」這個句型最終是以修飾名詞為目的，所以構成例句 ❾ 才算是完整的用法。同時對照一下例句 ❿ 大家就可以發現，因為要表示「除了～之外是辦不到的」，所以後面常會出現可能動詞的否定形。

⓫ これは子どもならではの発想だ。
這是孩子才有的點子。

⓬ この祭りは青森ならではの光景だ。
這個祭典是青森才有的景象。

既然後面都會是可能動詞否定形，而且幾乎都是「できない」或是「見られない」，表示只有某人才辦得到、只有某地才看得到，那麼「できない」和「見られない」也就可以省略，直接用「の」代替，說成例句 ⓫、例句 ⓬ 就好了。

⓭ これは子どもならではだ。
這是孩子才有的（點子）。

⓮ この祭りは青森ならではだ。
這個祭典是青森才有的（景象）。

　　既然都文法化了，省略就省略徹底一點吧！雖然例句 ⑪、例句 ⑫ 已經是「～ならでは」這個句型最基本的說法了，但是還可以連最後的名詞都省略，說成例句 ⑬、例句 ⑭。這是因為「～ならでは」所表達的「除了～之外是辦不到的」這個概念一定用在好的方面，表達說話者的佩服，所以後面的名詞說與不說，有時候也不是那麼重要了。

---

⑭（×）あそこでは一流ホテルなりの豪華な雰囲気が味わえる。

⑮（○）あそこでは一流ホテルならではの豪華な雰囲気が味わえる。
　　　　在那裡可以體驗到一流飯店才有的豪華的氣氛。

　　這樣大家應該知道，「～ならでは」的「佩服感」是和「～なり」的「不成熟」最大的差異，這也就是為什麼例句 ⑭ 會矛盾了，既然是一流飯店卻又不夠成熟？所以應該要用「～ならでは」說成例句 ⑮ 才正確。

---

⑯（○）子どもなりの発想
　　　　孩子獨特的點子（稍嫌幼稚）

⑰（○）子どもならではの発想
　　　　孩子才有的點子（甚感佩服）

⑱（△）社長なりの発想
　　　　社長獨特的點子（真是服了他）

⑲（○）社長ならではの発想
　　　　社長才有的點子（真是佩服他）

　　最後再複習一下吧，例句 ⑯ 和例句 ⑰ 都對，但是前者是小孩才有的童稚想法；後者卻是對小孩的觀點感到佩服。例句 ⑱ 和例句 ⑲ 語氣完全相反，例句 ⑱ 是老闆真是天……（不是天才也不是天菜，可能南部人才聽得懂），我真是服了他了；例句 ⑲ 是老闆真是個天才，我好佩服他呀！再次提醒，小心點，我不說例句 ⑱ 完全錯誤，你可以說，但是不要被聽到，天的來了（請去請教閩南語專業人士這句話的意思）。

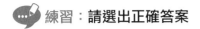 練習：請選出正確答案

❶ 浴衣を着て花火を見るのは日本の夏 {なり・ならでは} の光景だ。

❷ 人にはそれぞれ、その人 {なり・ならでは} の生き方があると思う。

❸ それは専門家 {なり・ならでは} のいいアイデアだ。

❹ この料理は自分 {なり・ならでは} のレシピで作ったんです。

❺ 北海道に行ったら、その土地 {なり・ならでは} の料理を食べてください。

❻ 今度の新製品の企画について、私 {なりの・なりに} 考えてみたのです。

📝 解答＋關鍵字提示

❶ ならでは（穿上浴衣看煙火是日本的夏天才有的景象。）

穿浴衣看煙火，別的地方不會有，所以要選「ならでは」。

❷ なり（我覺得每個人都有他們各自的生活方式。）

每個人都有自己獨特的生活方式，所以要選「なり」。

❸ ならでは（這是只有專家才想得出來的好點子。）

閃開，交給專業的來，一般鄉民是不會的，所以要選「ならでは」。

❹ なり（這道菜是用我自己的食譜做的。）

傳說中每個地方媽媽都有自己專屬的一道拿手菜，所以要選「なり」。

❺ ならでは（到北海道的話，請吃吃只有當地才吃得到的菜！）

北海道的丹頂鶴和北狐都是其他地方吃不到的喔（喂，不要亂來，有傳染病），所以要選「ならでは」。

❻ なりに（關於這次新產品的企劃，我試著盡我所能想了一下。）

「なりの」接名詞、「なりに」接動詞，所以當然要選「なりに」。

第 29 課

這個句型沒有極限

〜にかぎる／ 〜かぎりだ

▶ 彼はかっこういいしお金もあるし。うらやましいか ぎりだ。
他又帥又有錢，真是非常羨慕。

 老師您好，他顏值高，又是個富二代，我真是好羨慕他呀！這個時候說成「う らやましい<u>にかぎる</u>」沒錯吧？

 咳咳，你的口水先擦一下。「〜にかぎる」？我看你是帥哥限定還是有錢人 限定吧！

「〜にかぎる」：〜最好、就是要〜（沒有之一，只有唯一！）

動詞辭書形・ ない形 ＋ にかぎる
名詞 ＋ にかぎる

　　「〜にかぎる」這個句型可能很多同學沒看過，它算是一個介於 N2 和 N1 之 間的句型，因為部份文法書把它列為 N2，少數把它列為 N1，但是還有一半的文 法書沒有提到它，所以是準備檢定時的漏網之魚，跟其他句型放在一起時，更是有 魚目混珠的功能。既然這麼討人厭，我們先把它一刀兩斷再說。

　　好了，把「〜にかぎる」拆成了「に」、「かぎる」，我們得到什麼好處呢？ 有的，我們會發現「かぎる」其實就是動詞「限る」，它的基本意思是「限制」、

「限定」。配合了前面的助詞，表示歸著點的「に」，就可以用來表示限定於某個東西、某件事。

❶ 暑い夏は冷えたビールにかぎる。
　炎熱的夏天就是要來一杯冰啤酒。

❷ 疲れたときは休むにかぎる。
　累的時候就是要休息。

　什麼叫做「限定於某個東西、某件事」呢？大家看一下例句 ❶，若是只看「ビールにかぎる」這個結構，直譯的話是「限定於啤酒」的意思，這裡所謂的「限定」，其實就是不考慮其他東西，中文不是有「不作第二人想」嗎，放在這個句子裡，就是「不作第二東西想」，所以就會翻譯為「啤酒最好」、「就是要啤酒」。既然如此，例句 ❷ 裡的「休むにかぎる」當然也就會從直譯的「限定於休息」變成「就是要休息」、「休息最好」，只是現在並不是東西，而是事情，所以就是「不作第二事情想」的意思啦。

. . . .

　「～にかぎる」這個句型有一個很大的特色，那就是雖然「に」是助詞，但是前面卻可以放動詞。如果不熟悉這個特殊連接規則的話，看到例句 ❷、例句 ❸ 這種「動詞辭書形＋にかぎる」的連接方式一定會覺得發生了什麼問題，假使是選擇題的話，一定會糊里糊塗地被引導去選了比較符合基本連接邏輯，但是句義完全錯誤的例句 ❹，對吧？

❸（〇）風邪を引いたときは、暖かくして寝るにかぎる。
　　　感冒的時候最好要保暖、多休息。

❹（×）風邪を引いたときは、暖かくして寝るかぎりだ。

. . . .

　當然，如果是一開始的這句話你說成了例句 ❺，那就怪不得任何人了。因為動詞辭書形和ない形後面加上「に」雖然特殊，但並不罕見，只要記住就好。但是い形容詞的後面幾乎不可能出現「に」，所以這句話不可能正確。我只能懷疑你是不是在「～にかぎる」前面放錯了字，其實想說的是「イケメンにかぎる」或是「お

金持ちにかぎる」啦！（沒關係，你不用不承認，畢竟司馬昭の心は、路傍の人も皆知っている……ね）

❺（×）彼はかっこういいしお金もあるし。うらやましいにかぎる。

❻男はイケメンにかぎる。

男生就是要帥。

❼男はお金持ちにかぎる。

男生就是要有錢。

「～かぎりだ」：極為～、非常～（今天的我，沒有極限！）

い形容詞 ＋ かぎりだ
な形容詞 な ＋ かぎりだ

「～かぎりだ」這個句型就是典型的 N1 句型了，字源一樣是動詞「限る」，但是現在是以ます形、同時具有名詞身分的「かぎり」呈現，也因此後面才會加上名詞句常見的語尾「だ」構成「～かぎりだ」。

前面所討論的「～にかぎる」重點來自於「限る」的「限制」、「限定」；這裡的「～かぎりだ」則是來自於名詞「限り」的「極限」。

❽親友が帰国してしまった。寂しいかぎりだ。

好朋友回國了。感到非常寂寞。

❾日本に来たばかりで、日本語もわからない。不安なかぎりだ。

因為剛來日本，連日文也不懂。感到非常不安。

只是說成「極限」，大家總是會誤會，極限在哪裡呢？不，這裡沒有極限。因為它的前面只能放形容詞，用來表示程度非常高，所以常翻譯為「極為～」。當然，

如果你還是想用到「極限」一詞也行，例句 ❽ 裡的「寂しいかぎりだ」直譯的話，的確就是「是寂寞的極限」的意思，但是這是什麼意思呢？寂寞的極限如何到達呢？如果是這樣的話，例句 ❾ 裡的「不安なかぎりだ」就成了「是不安的極限」。到底何謂「寂寞的極限」、何謂「不安的極限」？當然就是「極為寂寞」、「極為不安」，這樣說清楚易懂吧～

❺（✕）彼はかっこういいしお金もあるし。うらやましいにかぎる。

❿（○）彼はかっこういいしお金もあるし。うらやましいかぎりだ。

　　他又帥又有錢，真是非常羨慕。

　　這樣大家應該可以知道一開始的這句話到底該怎麼說了吧，既然「うらやましい」是い形容詞，無論如何後面都只有可能出現「～かぎりだ」，而不會是「～にかぎる」。好的，結束了。要不要多幾個例句來看看呢？我想不用了，能出現在「～かぎりだ」前面的形容詞極為有限，除了「うらやましい」、「寂しい」、「不安」以外，大概就剩「うれしい」、「心細い」之類的字眼了，把它們當關鍵字全記起來吧！

練習：請選出正確答案

❶ 交通事故を起こさないために、疲れたときは運転しない {にかぎる・かぎりだ}。

❷ アメリカに留学したばかりだから、心細い {にかぎる・かぎりだ}。

❸ ステーキならこのレストラン {にかぎる・かぎりだ}。

❹ 陳君は日本語も英語もペラペラで、うらやましい {にかぎる・かぎりだ}。

❺ お金がないときは、出かけない {にかぎる・かぎりだ}。

❻ 多くの方にブログを読んでいただいて、うれしい {にかぎります・かぎりです}。

解答＋關鍵字提示

❶ にかぎる（為了不要肇事，疲倦的時候最好不要開車。）

「～かぎりだ」前面不能接動詞，所以應該選「にかぎる」。

❷ かぎりだ（因為我剛到美國留學，感到非常不安。）

「～にかぎる」前面不能接形容詞，所以應該選「かぎりだ」。

❸ にかぎる（吃牛排的話，就是要這家餐廳。）

表示「極為」的「～かぎりだ」前面不能接名詞，所以應該選「にかぎる」。

❹ かぎりだ（陳同學日文和英文都很流利，真是羨慕。）

「～にかぎる」前面不能接形容詞，所以應該選「かぎりだ」。

❺ にかぎる（沒錢的時候，不要出門為上策。）

「～かぎりだ」前面不能接動詞，所以應該選「にかぎる」。

❻ かぎりです（有許多人都看我部落格，真是非常開心。）

「～にかぎる」前面不能接形容詞，所以應該選「かぎりです」。

不經意的動作

（右上角耳機圖示 30）

～ともなく／
～ともなると

▶ 観光シーズンともなると、有名な神社、お寺は観光
客でいっぱいになる。
一到了觀光季，知名的神社、佛寺裡都是滿滿的遊客。

老師，我難得有很確定的句型，「～ともなく」是「一旦成為～」、「～ともなると」是「不經意地～」，所以這一題一定沒問題喔！

同學，難得你這麼有信心，這一題一定沒有問題，因為有問題的是你呀！唉，我看是搞錯動詞變化了吧！

「～ともなく」：不經意地～（沒有刻意要做）

動詞辭書形 ＋ ともなく・ともなしに

　　先來研究一下「～ともなく」這個句型吧，我們還是乖乖地把它拆好拆滿，「～ともなく」是由「と」、「も」、「なく」三個結構組成的，「と」和「も」是助詞，待會再討論，先從「なく」開始研究吧。「なく」是什麼？當然和變化的「なる」無關，它其實是來自於表示「沒有」的「ない」，這也就是為什麼這個句型後面的「なく」也可以說成「なしに」。因為字源都是「ない」，所以「～ともなく」和「～ともなしに」我們就視為一個句型喔。

　　接下來就是前面的兩個助詞「と」和「も」，「と」表示內容、「も」表示還

169

有其他。構成句型「～ともなく」之後，直譯就是「也沒有要～」，有點抽象吧！其實這是因為日文的動詞句的主詞是人的時候，通常會帶有意志性，表示基於個人意志下進行的行為，但是並不是每個行為都是「故意」去做的，所以就可以使用「～ともなく」這個句型表示「不經意」的行為。

❶ 見るともなくテレビを見ていたら、その番組に友達が出ていた。

不經意地看著電視，結果那個節目出現了我朋友。

❷ 電車の中で隣りの人の話を聞くともなしに聞いていたら、私の会社のことだったので驚いた。

在電車裡不經意地聽著隔壁的人談話，結果在說我的公司，嚇了一大跳。

什麼行為最容易「不經意」呢？想想你的眼睛和耳朵吧。眼睛和耳朵所負責的行為是「見る」和「聞く」，但是換個科學一點的說法，這兩個器官其實是被動的接收光波和音波，所以就能出現沒有刻意「看」卻還是看到、沒有刻意「聽」卻還是聽見。

因此例句 ❶ 和例句 ❷ 就是這個句型最典型的說法，例句 ❶ 表示了沒有刻意要看什麼節目，就只是開著電視（大家不是很常這樣嗎？開著電視卻在滑手機。或是家裡的長輩往往不是在看電視，而是電視在看他們打瞌睡），但是卻意外看到自己的朋友出現在電視上。大家應該發現這個時候同一個動詞會出現兩次，其實「見るともなくテレビを見ていたら」這樣的結構就是為了強調該動作非刻意進行。例句 ❷ 更是常見，搭捷運時閉目養神，可是耳朵卻無法閉起來，別人講的話就這樣傳進耳朵，這個時候的「聞くともなしに聞いていたら」不就是為了表示「我可沒有要偷聽，是他說得太大聲喔」。

「～ともなると」：一旦成為～（到達某個立場）

名詞 ＋ ともなると・ともなれば

　　接下來要換拆解「～ともなると」了，這個句型是由「と」、「も」、「なる」、「と」四個結構所構成的，還是先不管助詞，先來看看扮演主要字義的動詞「なる」。這個「なる」也就是句型「～ともなると」和句型「～ともなく」最大的差異了，前面提到的「～ともなく」是來自於表示有無的「ない」；這裡的「～ともなると」則是來自表示變化的「なる」，所以我們可以先假設「～ともなると」是跟某種變化有關。

❸一国の首相ともなると、発言には細心の注意が必要だ。

　　一旦成為一國的首相，發言就需要多加小心。

❹英語の先生ともなれば、辞書なしで言葉の説明ができる。

　　一旦成為英文老師，沒有字典就能解釋單字。

　　「～ともなると」這個句型除了關鍵的「なる」以外，還有兩個「と」和一個「も」，我們就從例句 ❸ 和例句 ❹ 來看看這幾個助詞各有什麼功能。首先我們來注意一下這個句型的語尾可以是「なると」也可以是「なれば」，這表示了「～ともなると」最後的「と」是表示必然結果，具有假定功能的「と」，因為必須是這個「と」才能和「～ば」結尾的假定用法互換。而一開始的「と」要做什麼用呢？如果把這個「と」跟後面的「も」一起討論應該會比較好懂，也就是問題應該是「とも」。其實「とも」算是古文，以現代文的角度，它很接近「でも」。換句話說，大家其實可以把「～ともなると」想成「～でもなると」，只是這個「でも」不是逆態接續，而是舉例的「でも」，這樣大家想通這個句型的真正用法了嗎？

❺お茶を飲みませんか。

　　要不要喝茶呢？

❻お茶でも飲みませんか。

要不要喝杯茶呢？

　　還是先說明一下所謂的「舉例」的「でも」好了。大家看一下例句❺和例句❻，都是由否定疑問句「～ませんか」所構成的表示「邀約」的句型，但是實際上都是會說例句❻而不說例句❺。這是因為既然是邀約，哪會還去限制對方喝的飲料是什麼，所以如果說的是例句❺，那就表示約人只是為了喝茶。但是俗話說得好，「喝咖啡聊是非」，你不一定喝咖啡也可以聊是非，所以這裡說的喝茶或是喝咖啡，其實只是舉例，要喝什麼飲料，你當然可以自己選。因此，邀約時都會說成例句❻比較合理。

❼首相になると、発言には細心の注意が必要だ。

一成為首相，發言就需要多加小心。

❸一国の首相ともなると、発言には細心の注意が必要だ。

一旦成為一國的首相，發言就需要多加小心。

　　大家看一下例句❼和之前已經出現過的例句❸，例句❼用的不是我們這個句型，只是基本的表示變化的句型。也就是如果用了「～になると」，變化是實際存在的，也許是安倍晉三的媽媽，也就是安倍媽媽在安倍就任首相前對他的耳提面命「兒子呀，等你當了首相，講話就要小心點喔」。可是例句❸的「～ともなると」是用來舉例，表示到了這樣的身份地位講話就要小心，不一定是首相，也許是一國之君、也許是行政院長或是國務卿，這就是所謂的舉例。

❽英語の先生になると、辞書なしで言葉の説明ができる。

當上了英文老師，沒有字典就能解釋單字。

❹英語の先生ともなれば、辞書なしで言葉の説明ができる。

一旦成為英文老師，沒有字典就能解釋單字。

　　例句❽和例句❹的關係也一樣，例句❽指的就是當英文老師，但是例句❹只是舉例，表示如果是語言教師之類的人，語言能力都會很好。這也就是為何要特

別強調「～ともなると」這個句型用來表示到達某個立場或是到了某種身份地位，而不是個單純的變化句型。

---

❾ (×)観光シーズンともなく、有名な神社、お寺は観光客でいっぱいになる。

❿ (○)観光シーズンともなると、有名な神社、お寺は観光客でいっぱいになる。

　　一到了觀光季，知名的神社、佛寺裡都是滿滿的遊客。

　我們來回頭看看一開始的這句話，「～ともなく」前面應該是動詞辭書形，光這一點例句 ❾ 就不恰當了，更不用談是否是「不經意」的行為。正確說法當然應該是使用了跟舉例有關的「～ともなると」，表達了雖然是以觀光旺季為例，但是連續假期或是週休二日觀光地區也有可能會滿滿是人喔！

✏️ 練習：請選出正確答案，有可能兩者皆是

❶ 彼はぼんやりテレビを見る {ともなく・ともなしに} 見ていた。

❷ この辺は春 {ともなく・ともなると}、花見客でいっぱいになる。

❸ 田中さんは「さびしいなあ」と誰に言う {ともなく・ともなれば}、一人つぶやいた

❹ 12月 {ともなしに・ともなると}、寒い日が多くなる。

❺ 聞く {ともなしに・ともなると} つけていたラジオから、昔の先生の声が流れてきた。

❻ この公園は日曜日 {ともなく・ともなると}、家族連れがおおぜい集まってくる。

📝 解答＋關鍵字提示

❶ **兩者皆是**（他呆呆地望著電視看。）

「ともなく」和「ともなしに」同義，不要被騙了。

❷ **ともなると**（這附近一到了春天就會出現滿滿的賞花遊客。）

「ともなく」前面不能接名詞，所以應該選「ともなると」。

❸ **ともなく**（田中先生一個人自言自語地說了聲「好寂寞呀」。）

雖然「ともなく」的前後不是同一個動詞，但是「言う」（説）和「つぶやく」（低聲説）是同類動詞，所以應該選「ともなく」。

❹ **ともなると**（一旦到了十二月，寒冷的天數就會增加。）

「ともなく」前面不能接名詞，所以應該選「ともなると」。

❺ **ともなしに**（從一直開著的收音機傳來以前老師的聲音。）

「聞く」（聽）和「ラジオをつけている」（開著收音機）非同一個動詞，卻是相關行為（ラジオをつけている是聞く的手段），所以應選「ともなしに」。

❻ **ともなると**（這個公園一旦到了星期天，就會來很多攜家帶眷的民眾）

「ともなく」前面不能接名詞，所以應該選「ともなると」。

不得不學這個句型

～ずにはすまない／～ずにはおかない

⊳ 払いたくないが、税金は払わずにはすまないだろう。

雖然不想繳，但是稅金不能不繳吧！

 老師，大家都不想繳稅，可是稅又一定得繳，既然是「一定」，是不是可以說成「税金は払わずにはおかない」呀？

 可以呀，你要這樣說我當然不能說你錯，不就是嘴巴說不要身體倒是老實得很呀？既然你為國為民，多繳點也是不錯的呀！

「～ずにはすまない」：不得不～（表示消極、被動的心態）

動詞ない形 （～ない） ＋ ずにはすまない

します → せずにはすまない

先說明一件事，因為「～ずに」就是「～ないで」，所以「～ずにはすまない」和「～ないではすまない」雖然外型有點不同，但是意義卻完全相同喔！這個句型的前半出現了動詞的否定（～ないで），後半又出現了否定語尾「～ない」，前後都有否定就形成了傳說中的「雙重否定」，既然是雙重否定，意思就是「不得不～」，這樣大家應該沒有意見吧。

先看一下例句 ❶，各位發生過這種倒楣事嗎？想跟同事或同學借他的哀鳳來

175

滑一下，結果還沒滑到手機，手就先滑了一下。哀鳳掉到地上哀叫一聲，唉，認賠吧！任誰都不想賠償，但是又不得不賠，這個時候就是要說成「弁償せずにはすまない」表示「不得不賠」。

❶ クラスメートのスマホを壊して、弁償せずにはすまない。

弄壞了同學的智慧型手機，不賠不行。

「〜ずにはすまない」這個句型除了前後的否定語尾以外，唯一有意義的單字是「済む」，大家有沒有聯想到什麼了呀？「済む」是「結束」，前面加上「気」構成否定語尾的「気が済まない」則成為「過意不去」的意思。變成敬體就是「済みません」，也就是「對不起」、「不好意思」的字源。

我們可以說「〜ずにはすまない」這個句型也就是在「過意不去」之前加上一個動作的否定，用來表示不做某件事會過意不去。也正因為是這樣的「不〜過意不去」的意思，我們才常常翻譯為「不得不〜」。

也因為這個句型的背後有這個意涵，所以只要是一般人不會願意主動去做的事，例如要你從口袋掏出錢的「弁償する」（賠償），就是「〜ずにはすまない」的典型使用時機，也因此我們說這個句型表示消極、被動的心態。

❷ こんな点数では、母に叱られずにはすまないだろう。

這個成績一定會被媽媽罵吧！

「消極、被動」，又出現了關鍵字，廣義來說，只要不是我們自己想做的事，就是消極、被動的行為。可是如果只看動詞，我們怎麼知道消不消極、被不被動。既然如此，只要出現了被動，那肯定就是被動了吧。以例句 ❷ 來說，既然出現了被動「叱られ（る）」，一定表示是說話者不情願的事，當然接「〜ずにはすまない」才恰當。什麼？你說你喜歡被罵？你有受虐的傾向當然另當別論呀。

❸ 皆出席するから、僕も行かずにはすまないだろう。

大家都會出席，我也不能不去吧。

如果句子裡真的找不到消極、被動的行為怎麼判斷？那就往前或往後找吧。例如「行く」（去）這個動作本身一點都不消極、不被動，但是以例句 ❸ 來說，他會去是因為大家都出席，而不是自己本身想去，所以從前面的「皆出席するから」這個原因，就可以判斷後面加上「～ずにはすまない」這個句型最適合。

---

❹ 払いたくないが、税金は払わずにはすまないだろう。
　雖然不想繳，但是稅金不能不繳吧！

再來我們就可以回到一開始的這句話了，納稅絕對不是大家所樂意的事，所以憲法才要將納稅定為國民應盡的義務，結論就是不繳不行，欠稅會被罰滯納金，也可能會被限制出境甚至管收喔！當然，老師也不排除假道學一下：為國為民怎麼可以不繳稅？來來來，我帶頭繳！所以我們也不能完全排除主動的可能性。可是如此的話要怎麼判斷呢？例句 ❹ 一開始不是就出現了「払いたくない」（我不想繳），你看，還假道學假到哪裡去，後面乖乖的加上「～ずにはすまない」吧！

「～ずにはおかない」：一定會～（表示積極、主動的心態）

動詞ない形 （～ない） + ずにはおかない

します → せずにはおかない

既然前面一再強調「～ずにはすまない」是消極、被動，我們接下來要談的「～ずにはおかない」就是剛好相反，帶有積極、主動的感覺。這個句型前後一樣都有否定，所以也是雙重否定句型，不過因為具有積極、主動的特性，所以這個時候就不翻譯為「不得不～」，而是「一定會～」。

❺（△）税金は払わずにはおかないだろう。
　　稅金一定要繳吧！

❻（×）払いたくないが、税金は払わずにはおかないだろう。

　　我們先從繳稅這件事情來談，先前提到也許可以假道學的說一定要繳稅，所以我不完全排除例句 ❺ 這個說法，假設站在國家的立場，這個說法就沒有不對了。但是如果把「払いたくない」加在前面構成的例句 ❻ 就大錯特錯了，難不成真的是嘴巴說不要，身體卻老實得很。

　　既然有可能因為立場的不同而讓消極變積極、或是被動變主動。那麼除了前面提到必定使用「〜ずにはすまない」的幾個用法及區分方式之外，有沒有哪些說法是一定會用到「〜ずにはおかない」的呢？換言之，到底什麼行為一定具有積極、主動性呢？

❼人に迷惑をかけた息子に謝らせずにはおかない。
　　我一定要給人添麻煩的兒子去道歉。

❽迷惑をかけたのだから、謝らずにはすまないだろう。
　　因為給人添了麻煩，所以不得不道歉吧！

　　大家來看一下例句 ❼，這就是使用「〜ずにはおかない」這個句型的典型說法之一。有沒有發現動詞產生了什麼變化？「謝らせる」是……使役形。沒錯，使役動詞帶有意志性，既然用了使役動詞，這個行為自然帶有積極性、主動性。因此例句 ❼ 就能表達出家長逼著小孩道歉的畫面。但是「道歉」應該不是一般人願意去做的事吧？所以我們總是會看到政治人物、公眾人物心不甘情不願講一大堆藉口的道歉。因此如果是站在犯錯者的角度，就會用「謝る」加上「〜ずにはすまない」構成例句 ❽ 這個說法才適合。

❾（○）あの女優の演技は見る人を感動せずにはおかない。
　　那個女演員的演技不禁感動了觀眾。

❿（×）あの女優の演技は見る人を感動せずにはすまない。

　　除了使役動詞以外，還有一個狀況是絕對會使用「〜ずにはおかない」這個句

型的，而且考試也通常以這個說法為主要測驗方向，那就是表示自發的動詞。「自發」是一個比較特殊的文法概念，意思就是自然而然、不由自主地發生的行為，最典型的自發詞彙就是情感相關詞彙，例如「感動<ruby>感動<rt>かんどう</rt></ruby>する」。既然「感動」是會自然發生，表示那是無法壓抑的，因此主動性極強，一定會用「～ずにはおかない」。所以例句 ❾ 裡的「～ずにはおかない」就一定不可能換成例句 ❿ 裡的「～ずにはすまない」，因此這個例句就成了「～ずにはおかない」這個句型最典型的說法。

練習：請選出正確答案

❶ 彼の言動は皆を怒らせ｛ずにはすまない・ずにはおかない｝。

❷ 検査の結果によっては、手術せ｛ずにはすまない・ずにはおかない｝だろう。

❸ この本は読む人に感動を与え｛ずにはすまない・ずにはおかない｝。

❹ 大切なものを壊してしまったから、買って返さ｛ずにはすまない・ずにはおかない｝。

❺ この殺人事件の犯人は逮捕せ｛ずにはすまない・ずにはおかない｝と誓っている。

❻ たとえ彼女の気持ちを傷つけたとしても、事実を知らせ｛ずにはすまない・ずにはおかない｝。

解答＋關鍵字提示

❶ ずにはおかない（他的言行一定會讓大家生氣。）

「怒らせ（る）」是讓人生氣的意思，是使役用法，應該選擇「～ずにはおかない」。

❷ ずにはすまない（依檢查的結果，不得不開刀吧！）

能不開刀大家都不想開刀，因此這個行為是說話者不想從事的行為，所以應該選「～ずにはすまない」。

❸ ずにはおかない（這本書一定會給讀者很大的感動吧！）

「感動」是典型的自發用法，應該選擇「～ずにはおかない」。

❹ ずにはすまない（弄壞了重要的東西，不得不買來還。）

沒有人想要多花錢，因此這個行為是說話者不想從事的行為，所以應該選「～ずにはすまない」。

❺ ずにはおかない（**我發誓一定要逮捕這個殺人案的兇手。**）

既然是自己的誓言，就是自己主動要做的事，所以應該選「～ずにはすまない」。

❻ ずにはすまない（**就算傷了她的心，也不得不讓她知道真相。**）

既然會怕傷到對方的心，表示這個行為是說話者不想從事的行為，所以應該選「～ずにはすまない」。

第 32 課

忍不住生氣了

🎧 32

～ざるをえない／
～を禁<ruby>じえない<rt>きん</rt></ruby>

▶ あの会社の女性差別には怒りを禁じえない。
對於那間公司的歧視女性不禁感到憤怒。

 老師，那間公司對女性有很大的歧視，我真是氣到個不行。我記得 N2 學過一個句型「～ざるをえない」，這裡説成「怒らざるをえない」應該沒問題吧！

 這個時候我勸你多想兩分鐘，然後做兩件事。第一、到勞動局檢舉；第二、順路去買《林老師日語診所》，然後你就會知道該怎麼生氣了。

「～ざるをえない」：不得不～（不想做但是不得不做）

動詞ない形 ~~ない~~ ＋ ざるをえない

します → せざるをえない

「～ざるをえない」這個句型的確是 N2 階段就應該知道的一個句型，裡面的「～ざる」跟表示不可以的「～べからざる」裡的「～ざる」一樣，都是古文的否定語尾，基本上等同於「～ない」，因此前面會接動詞ない形不含ない的部份（其實我很懷疑大家看不看得懂，但是我假設大家都看懂啦）。換句話說，「～ざるをえない」前面有一個否定、後面也有一個否定，是典型的雙重否定句，基本意思翻

譯為「不得不～」是很合理的。

　　不過比起其他也翻譯為「不得不～」的雙重否定句，「～ざるをえない」實在是「不得不～」多了（我懷疑有讀者目前正在翻白眼）。我是認真的，「えない」來自動詞「得る」，除了「得到」以外，本來就有「得以」，也就是「可以」、「能夠」的意思。因此「～ざるをえない」就是最「不得不～」的「不得不～」，這樣應該說得過去吧！

❶高いパソコンだが、仕事に必要だから<u>買わざるをえない</u>。
　雖然是很貴的電腦，但是因為工作需要，所以不得不買。

❷お金が足りないから、アルバイトを<u>せざるをえない</u>。
　因為錢不夠，所以不得不打工。

　　所謂最「不得不～」的「不得不～」，其實老師想說的是「～ざるをえない」這個句型表達了非常明確的「心裡不想做，但是不得不做」的感覺。例句 ❶ 就帶有太貴了，實在不想買，但是非得買；例句 ❷ 則有不想打工但是沒錢還是得去賺錢的意思。

－－

❸高いパソコンだが、仕事に必要だから<u>買わないわけにはいかない</u>。
　雖然是很貴的電腦，但是因為工作需要，所以不能不買。

❹お金が足りないから、アルバイトを<u>しないわけにはいかない</u>。
　因為錢不夠，所以不能不打工。

　　如果把「～ざるをえない」改成「～ないわけにはいかない」之後所成為的例句 ❸、例句 ❹ 還是正確的說法。不過這個時候表達出來的感覺就有點不同了，例句 ❶、例句 ❷ 重點在說話者自己「不得已」的感覺，例句 ❸、例句 ❹ 的不得不就不一定是自己的「不得已」，還有可能是社會上、道德上讓這些事情不做不行，整體的感覺就從消極、被動的感覺變成了較為積極、主動，因為聽起來就有點「理所當然」的感覺了。

－－

❺（×）あの会社の女性差別には怒らざるをえない。

了解了「～ざるをえない」的背後意義，大家就知道一開始的這句話如果說成例句 ❺ 的話，就不太恰當了。既然說話者本來是不想生氣，那為何還要硬逼自己生氣呢？生氣會老得快喔！

「～を禁じえない」：不禁～（忍不住）

名詞 ＋ を禁じえない

「～を禁じえない」是一個和「～ざるをえない」一樣都用到了「得る」的句型，不過「～を禁じえない」單純多了，「禁じる」原本的意思是「禁止」，加上表示「能夠」的「得る」構成複合動詞之後再變成否定，就形成了「～を禁じえない」這個句型。直譯的話，是「無法禁止～」的意思，聽起來怪怪的，但是從「無法禁止～」變成「禁止不了～」，再變成「不禁～」。好了，答案出來了，這個句型就是表示「不禁～」，換個說法，就是「忍不住」的意思。

❻彼女の突然の離婚に戸惑いを禁じえなかった。

對於她的突然離婚不禁感到疑惑。

❼彼のおかしい内容の発言には失笑を禁じえなかった。

對於他奇怪內容的發言不禁啞然失笑。

了解了「不禁～」這個概念後，一切應該都清楚了。例句 ❻、例句 ❼ 和中文的「不禁感到疑惑」、「不禁啞然失笑」幾乎是同樣的概念，表示了我很想忍，但是忍不住呀！這樣大家就應該知道例句 ❺ 應該要改成例句 ❽ 才正確，因為不是自己不想生氣而硬逼自己生氣，而是自己不想生氣也忍不住生氣。

❺（×）あの会社の女性差別には怒らざるをえない。

❽（○）あの会社の女性差別には怒りを禁じえない。

對於那間公司的歧視女性不禁感到憤怒。

不過這個變化過程大家可能一頭霧水，其實是因為「～を禁じえない」前面只能接名詞，可是「怒る」沒辦法經由文法變化構成名詞形，所以只好換個字代替，把「怒り」放在「～を禁じえない」之前就可以了。

「～を禁じえない」其實也是一個文法化程度很高的句型，這意味著前面能接的詞彙有限，最普遍的不外乎「同情」、「涙」、「怒り」、「驚き」，再加上前面的「戸惑い」和「失笑」，大家應該就知道，前面一定會接情感類的名詞，這個限制當然也是跟「～ざるをえない」的最大不同之處。

❾ それは犯罪であるが、同情せざるをえない。

　雖然那是犯罪，但是也不得不同情。

❿ 事故で家族を亡くした彼に、同情を禁じえない。

　對於因為意外而失去家人的他，不禁感到同情。

雖然「～ざるをえない」前面大多是動作性動詞，表示雖然不想做但是不得不做的心情，不過有時候還是可能出現表示自發的情感動詞，所以有可能出現像例句❾、例句❿這樣，「同情せざるをえない」和「同情を禁じえない」都成立的說法。不過比較一下就應該知道，「同情せざるをえない」這個說法常常伴隨著逆態接續在前面，就像例句❾還是帶一些本來覺得不想同情、不該同情的感覺。不過這已經是很特別的說法了，如果大家看到「同情」，一定要忍不住幫它加上「～を禁じえない」構成例句❿這個說法才是最中肯的！

 練習：請選出正確答案

❶ あんな賞味期限を書き換える企業には、{怒らざるをえない・怒りを禁じえない}。

❷ 社長に言われたことだから、したくないことでも、やらざる{を禁じえない・をえない}。

❸ 事故で家族を失った子供の話をきいて、涙{ざるをえなかった・を禁じえなかった}。

❹ 病院に行くので、早退{せざるをえない・を禁じえない}。

❺ あの俳優の引退については、だれもが{驚かざるをえない・驚きを禁じえない}。

❻ 先生に頼まれれば、「はい」と言わざる{をえない・を禁じえない}。

解答＋關鍵字提示

❶ 怒りを禁じえない（**對於那種更改保存期限的企業，不禁感到憤怒。**）
生氣並非千百個不願意，而是忍不住，所以應該選「怒りを禁じえない」。

❷ をえない（**因為是社長要求的，所以就算不想做也不得不做。**）
「～を禁じえない」前面只能接名詞，「やらざる」顯然不是名詞，所以應該選「をえない」。

❸ を禁じえなかった（**聽到因為意外而失去家人的孩子的事情，不禁流淚。**）
「～ざるをえない」前面應該出現動詞ない形不含ない，但是「涙」是名詞，所以應該選「を禁じえなかった」。

❹ せざるをえない（**因為要上醫院，不得不早退。**）
雖然「早退」是名詞，但並不是情感詞彙，無法接「～を禁じえない」，所以應該選「せざるをえない」。

❺ 驚きを禁じえない（關於那位演員的退休，任誰都不禁感到驚訝。）

驚訝不應該是不想驚訝而驚訝，而是忍不住驚訝，所以應該選「驚きを禁じえない」。

❻ をえない（如果是受老師所託，也不得不説「遵命」。）

「～を禁じえない」前面只能接名詞，「言わざる」顯然不是名詞，所以應該選「をえない」。

第 33 課

不能不做的句型集大成 (33)

～を余儀なくされる／
～を余儀なくさせる

▶ 台風がスポーツ大会の中止を余儀なくさせた。
颱風讓運動會不能不取消。

 老師，這種題目實在太讚啦，我終於理解老師說的文法正確最重要的意思了。這一題當然是要選「～を余儀なくされた」，哪有什麼「～を余儀なくさせた」啦！

呃……學期末依例要幫同學打一下分數。87 分，不能再高了！

「～を余儀なくされる」：不得已～、被迫～
（因強大的外力不得不做）

名詞 ＋ を余儀なくされる

　　「～を余儀なくされる」這個句型是由「を」、「余儀ない」、「される」構成的，關鍵字是「余儀ない」，這個字有「不得已」、「無奈」的意思，扮演了這個句型的基本意義。可是，後面的「される」和前面的「を」又是做什麼用呢？

　　不知道大家記不記得我們曾提過，日文的動詞句若是主詞為人，該行為就會帶有意志。可是「～を余儀なくされる」這個句型裡卻存在表示「不得已」、「無奈」的「余儀ない」，當然不應存在意志，所以就將最後的動詞從主動動詞「する」變

成被動動詞「される」，被迫進行的事就放在助詞「を」之前。以被動句的結構來說，算是一個受害的被動。

---

❶ 鈴木君は病気のため、退学をした。
鈴木同學因為生病，休學了。

❷ 鈴木君は病気のため、退学を余儀なくされた。
鈴木同學因為生病，不得已而休學了。

大家比較一下例句 ❶ 和例句 ❷，雖然從結果上來說，兩句話所描述的結果事實相同，但是例句 ❶ 用主動動詞「退学をした」，有可能是鈴木同學發現了自己的疾病之後毅然決然地休了學；可是例句 ❷ 裡的「退学を余儀なくされた」就表示了雖然不想休學，但是礙於身體狀況，不得已還是休學了。

---

❸ ダム建設工事のため、この村の人々は引っ越しをした。
因為水庫的建設工程，這個村莊的人們都搬走了。

❹ ダム建設工事のため、この村の人々は引っ越しを余儀なくされた。
因為水庫的建設工程，這個村莊的人們被迫遷村。

當然，例句 ❶ 和例句 ❷ 的差別小了點，大家也許不好判斷。再看一組句子好了，例句 ❸ 和例句 ❹ 的差別就明顯了吧？同樣是搬家，例句 ❸ 的搬家是自己決定的，那些人也許只是不想生活的環境受到工程的影響而搬走；但是例句 ❹ 的搬家就不能說是自己決定的，因為如果不搬走就會變成像魚一樣生活在水裡囉！

這個句型學完之後，我們就完成了「不得不」的奇幻之旅，有沒有發現，雖然「～を余儀なくされる」不是雙重否定句型，但是它所表達的意思和其他的雙重否定句很像，老師就幫大家整理一下吧！

先把這些句型分成「～なければならない」和「～ないわけにはいかない」兩類。「～なければならない」是基本的義務句，表示不做不行，下面包含了不想做還是得做的「～ざるをえない」、不做會過意不去的「～ずにはすまない」以及外力讓你不得不做的「～を余儀なくされる」。

「～なければならない」類（外在強制力大，消極、被動）	
～ざるをえない	不想做還是得做
～ずにはすまない	不做會過意不去
～を余儀なくされる	因外力不得不做

如果說「～なければならない」是表示法律上的不做不行，另一邊的「～ないわけにはいかない」就是表示道德上的不能不做。它的下面包含了不做會受不了的「～ずにはいられない」、自然而然會想做的「～ずにはおかない」以及忍不住不做的「～を禁じえない」。怎麼樣，這樣的書不是完勝所有檢定課程？光看這樣的分類，買這本書就值回票價了吧！

「～ないわけにはいかない」類（內在自發性大，積極、主動）	
～ずにはいられない	不做會受不了
～ずにはおかない	自然而然想做
～を禁じえない	忍不住不做

「～を余儀（よぎ）なくさせる」：讓～不得已～
（強大的外力讓人不得不做）

名詞 ＋ を余儀（よぎ）なくさせる

　　雖然老師很厲害，但是大家不要開心得太早，忘了我們的問題其實還沒解決。如果我們要說「運動會因為颱風而不得不取消」，當然會用到「～を余儀（よぎ）なくされる」說成例句 ❺，可是大家回頭看一下一開始的這句話，結構和例句 ❺ 完全不同，所以如果使用「～を余儀（よぎ）なくされる」說成例句 ❻，那就錯啦！

❺（○）スポーツ大会（たいかい）は台風（たいふう）のため、中止（ちゅうし）を余儀（よぎ）なくされた。
　　運動會因為颱風而不得不取消。

❻（×）台風（たいふう）がスポーツ大会（たいかい）の中止（ちゅうし）を余儀（よぎ）なくされた。

❼（○）台風（たいふう）がスポーツ大会（たいかい）の中止（ちゅうし）を余儀（よぎ）なくさせた。
　　颱風讓運動會不得不取消。

　　大家不要看了題目還說：「這一題 87 分，不能再高了。再怎麼笨也不會選『～を余儀（よぎ）なくさせる』這個選項呀」，心裡還唸唸有詞「我書讀得少，你不要騙我不會分被動和使役」（喂，你不要學周星馳學李小龍啦）。

　　「～を余儀（よぎ）なくされる」這個句型的一般考法就是讓選項出現「～を余儀（よぎ）なくさせる」，但是正確答案還是「～を余儀（よぎ）なくされる」；可是要是我出題的話，我就會選擇經典考法，選項有「～を余儀（よぎ）なくされる」和「～を余儀（よぎ）なくさせる」，但是正確答案是讓大家從椅子跌落的「～を余儀（よぎ）なくさせる」。也就是錯誤的例句 ❻，如果將最後的「された」改成「させた」，就成了正確的例句 ❼。

❽ 会社（かいしゃ）が倒産（とうさん）して、彼（かれ）は退職（たいしょく）を余儀（よぎ）なくされた。
　　公司倒閉，他不得不離職。

❾ 会社の倒産が、彼に退職を余儀なくさせた。

公司倒閉讓他不得不離職。

　　不過，說實話，如果你夠瞭解動詞被動和使役的用法，這個特殊變化你一定分得出來。被動表示了另一股力量的存在，在例句 ❽ 和例句 ❾ 裡，這股力量指的就是公司倒閉。不過因為例句 ❽ 是以被動句呈現，所以公司倒閉扮演離職的「原因」；相對的，例句 ❾ 是以使役句呈現，公司倒閉就必須扮演「主詞」的角色。這樣應該可以分得清清楚楚了吧！

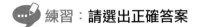練習：請選出正確答案

❶ 祭りの計画は予算不足のため、変更 {を余儀なくされた・を余儀なく
させた}。

❷ 台風の影響で、旅行の中止 {を余儀なくされた・を余儀なくさせた}。

❸ ビザの期限が来たので帰国 {を余儀なくされた・を余儀なくさせた}。

❹ そのミスが、彼に辞職 {を余儀なくされた・を余儀なくさせた}。

❺ 台風の上陸が、旅行の中止 {を余儀なくされた・を余儀なくさせた}。

❻ ビザの期限が来たということが、彼女に帰国 {を余儀なくされた・を
余儀なくさせた}。

解答＋關鍵字提示

❶ を余儀なくされた（祭典的計畫因為預算不足而不得已變更。）

「予算不足」後面有「ため」，是句子裡的原因，所以要選「を余儀なくされ
た」。

❷ を余儀なくされた（因為颱風的影響，不得不取消旅行。）

「台風の影響」後面有「で」，是句子裡的原因，所以要選「を余儀なくされ
た」。

❸ を余儀なくされた（因為簽證到期了，所以不得不回國。）

「ビザの期限が来た」加了表示原因的「ので」，所以要選「を余儀なくされ
た」。

❹ を余儀なくさせた（那個失誤讓他不得不辭職。）

「そのミス」是句子的主詞，所以必須使用使役句型，應該要選「を余儀なく
させた」。

❺ を余儀なくさせた（**颱風登陸讓旅行不得不取消。**）

「台風の上陸」後面有「が」，是句子的主詞，所以必須使用使役句型，應該要選「を余儀なくさせた」。

❻ を余儀なくさせた（**簽證到期讓她不得不回國。**）

「ビザの期限が来たということ」後面有「が」，是句子的主詞，所以必須使用使役句型，應該要選「を余儀なくさせた」。

模擬試題

MOCK TEST

第一回

（　　）01　ここは関係者以外、入る_____。

❶ べからざる　　❷ べからず　　❸ べく　　　　❹ べき

（　　）02　年をとったせいか、聞いた_____、忘れてしまう。

❶ かたわら　　　❷ かたがた　　❸ がてら　　　❹ そばから

（　　）03　祖父の本棚の本はすべてほこり_____になっていた。

❶ まみれ　　　　❷ ずくめ　　　❸ ながら　　　❹ がてら

（　　）04　突然の激しい雨のために試合が中断_____。

❶ を余儀なくさせた　　　　　❷ を余儀なくされた

❸ を禁じえない　　　　　　　❹ せざるをえない

（　　）05　休日_____、朝から観光客の車で道路が渋滞する。

❶ ともなく　　❷ ともなしに　❸ ともあろう　❹ ともなると

（　　）06　ここまで来たんだから、あとは結果を待つ_____。

❶ 極みだ　　　　❷ 至りだ　　　❸ までだ　　　❹ しまつだ

（　　）07　私のようなものにお褒めの言葉をいただき、恐縮_____でございます。

❶ をよそに　　　❷ の至り　　　❸ ごとき　　　❹ はおろか

（　　）08　主人は私の作った料理にまずい_____、固い_____、いつも文句を言っている。

❶ といい・といい　　　　　　❷ であれ・であれ

❸ だの・だの　　　　　　　　❹ なり・なり

( ) 09 奥さん＿＿＿＿＿＿、ご主人はとてもいい人だ。

❶ はともかく　❷ はもちろん　❸ はさておき　❹ はおろか

( ) 10 この駅の改札を毎日 100 万人＿＿＿＿＿＿乗客が通過するという。

❶ ものの　　　❷ ものを　　　❸ からの　　　4 からする

( ) 11 彼は社会人＿＿＿＿＿＿　＿＿＿＿＿＿　＿＿★＿＿　＿＿＿＿＿＿を
し、会社を首になった。

❶ する　　　　❷ 行為　　　　❸ として　　　❹ べからざる

( ) 12 新商品を開発できたのは、自分＿＿＿＿＿＿　＿＿＿＿＿＿　＿＿★＿＿
＿＿＿＿＿＿と思います。

❶ からだ　　　❷ なりに　　　❸ 重ねた　　　❹ 研究を

( ) 13 社長は＿＿＿＿＿＿　＿＿＿＿＿＿　＿＿★＿＿　＿＿＿＿＿＿、大声
で怒鳴った。

❶ なり　　　　❷ 私　　　　　❸ を　　　　　❹ 見つける

( ) 14 ここまで悪化したから、＿＿＿＿＿＿　＿＿＿＿＿＿　＿＿★＿＿
＿＿＿＿＿＿。

❶ には　　　　❷ 手術　　　　❸ すまない　　❹ せず

( ) 15 あの人は後輩のアイディアを＿＿＿＿＿＿　＿＿＿＿＿＿　＿＿★＿＿
＿＿＿＿＿＿。

❶ 発表した　　❷ かのごとく　❸ 自分が　　　❹ 考えた

答案

01 2	02 4	03 1	04 2	05 4
06 3	07 2	08 3	09 1	10 3
11 4	12 3	13 4	14 1	15 2

標音與中譯

01 ここは関係者以外、入るべからず。

這裡相關人員以外，禁止進入。　　　　　　　　　　▶ 第 22 課

02 年をとったせいか、聞いたそばから、忘れてしまう。

大概是上了年紀吧，剛聽過立刻就忘了。　　　　　　▶ 第 10 課

03 祖父の本棚の本はすべてほこりまみれになっていた。

祖父書架上的書全都變得滿是灰塵。　　　　　　　　▶ 第 1 課

04 突然の激しい雨のために試合が中断を余儀なくされた。

因為突然的一場大雨，比賽不得不中斷。　　　　　　▶ 第 33 課

05 休日ともなると、朝から観光客の車で道路が渋滞する。

一到假日，從一大早道路就因為遊客的車子壅塞。　　▶ 第 30 課

06 ここまで来たんだから、あとは結果を待つまでだ。

都已經走到這一步了，接下來就只有等待結果。　　　▶ 第 21 課

07 私のようなものにお褒めの言葉をいただき、恐縮の至りでございます。

我這種人居然會受到讚揚，真是非常不好意思。　　　▶ 第 17 課

08 主人は私の作った料理にまずいだの、固いだの、いつも文句を言っている。

先生總是抱怨我做的菜又難吃啦、又硬啦。　　　　　▶ 第 8 課

09 奥さんはともかく、ご主人はとてもいい人だ。

姑且不論夫人，先生是很好的一個人。　　　　　　　▶ 第 16 課

10 この駅の改札を毎日 100 万人からの乗客が通過するという。

聴説這個車站每天有上百萬人進出。 ▶ 第 24 課

---

11 彼は社会人としてするべからざる行為をし、会社を首になった。

他做了作為一個社會人士不該有的行為，被公司開除了。 ▶ 第 22 課

---

12 新商品を開発できたのは、自分なりに研究を重ねたからだと思います。

能夠開發出新產品，我覺得是因為我用自己的方式不斷研究才辦到的。

▶ 第 28 課

---

13 社長は私を見つけるなり、大声で怒鳴った。

社長一看到我，就破口大罵。 ▶ 第 10 課

---

14 ここまで悪化したから、手術せずにはすまない。

惡化到這樣，不得不開刀。 ▶ 第 31 課

---

15 あの人は後輩のアイディアを自分が考えたかのごとく発表した。

那個人把學弟的點子像自己想出來一樣地發表了。 ▶ 第 23 課

第二回

（　　）01　この日本酒メーカーは、昔＿＿＿＿＿製法で作っている。
　　　　❶ ながら　　　❷ ながらに　　❸ ながらも　　❹ ながらの

（　　）02　この肉は焼く＿＿＿＿＿、煮る＿＿＿＿＿、お好きなように調理
　　　　してください。
　　　　❶ といい・といい　　　　　　❷ だの・だの
　　　　❸ であれ・であれ　　　　　　❹ なり・なり

（　　）03　能力試験に合格したし、大学院に入ったし、今年はいいこと
　　　　＿＿＿＿＿です。
　　　　❶ ずくめ　　　❷ だらけ　　　❸ まみれ　　　❹ かぎり

（　　）04　彼にはお金もあるし才能もある。うらやましい＿＿＿＿＿。
　　　　❶ しまつだ　　❷ かぎりだ　　❸ 極みだ　　　❹ までだ

（　　）05　朝出かけるとき、傘を持って＿＿＿＿＿迷っていた。
　　　　❶ 行きつ来つ　　　　　　　　❷ 行ったり来たり
　　　　❸ 行こうか行くまいか　　　　❹ 行こうが行くまいが

（　　）06　あんなに高いスーパースポーツカーを何台も持っているなんて、
　　　　贅沢の＿＿＿＿＿。
　　　　❶ しまつだ　　❷ 極みだ　　　❸ 至りだ　　　❹ かぎりだ

（　　）07　食べ物がなく命を落とす子供がいなくなることを願って
　　　　＿＿＿＿＿。
　　　　❶ やまない　　❷ たまらない　❸ しょうがない❹ 極まりない

( ) 08 　彼は社長の_____、大学の講師も務めている。

❶ がてら　　　❷ かたがた　　❸ かたわら　　❹ そばから

( ) 09 　台風が来る日に海に行くとは、危険_____。

❶ 極まらない　❷ 極まりない　❸ 極みだ　　　❹ 至りだ

( ) 10 　試験に合格_____、この一年間一生懸命に勉強していた。

❶ せんがために　　　　　　❷ しんがために

❸ せんがばかりに　　　　　❹ しんがばかりに

( ) 11 　周囲の中傷_____ _____ ___★___ _____、
王さんはいつも自分の意思を通してきた。

❶ とも　　　　❷ を　　　　　❸ もの　　　　❹ せずに

( ) 12 　窓の外を_____ _____ ___★___ _____と、
白い雪が舞い降りてきた。

❶ ともなく　　❷ いる　　　　❸ 見て　　　　❹ 見る

( ) 13 　お金が足りないから銀行から_____ _____ ___★___
_____。

❶ 借り　　　　❷ えない　　　❸ を　　　　　❹ ざる

( ) 14 　あの人は_____ _____ ___★___ _____書け
ない。

❶ はおろか　　❷ すら　　　　❸ ひらがな　　❹ 漢字

( ) 15 　彼女はお金_____ _____ ___★___ _____、
帰っていった。

❶ が　　　　　❷ 早いか　　　❸ を　　　　　❹ 受け取る

答案

01 4	02 4	03 1	04 2	05 3
06 2	07 1	08 3	09 2	10 1
11 1	12 3	13 3	14 3	15 1

標音與中譯

01 この日本酒メーカーは、昔ながらの製法で作っている。
這間日本酒廠用過去傳下來的方法來釀酒。　　　　　　　　▶ 第12課

02 この肉は焼くなり、煮るなり、お好きなように調理してください。
這塊肉要烤要滷，請隨您喜歡料理。　　　　　　　　　　　▶ 第7課

03 能力試験に合格したし、大学院に入ったし、今年はいいことずくめです。
考過能力測驗、也上了研究所，今年是好事連連的一年。　　▶ 第2課

04 彼にはお金もあるし才能もある。うらやましいかぎりだ。
他又有錢又有才華。真是羨慕極了。　　　　　　　　　　　▶ 第29課

05 朝出かけるとき、傘を持って行こうか行くまいか迷っていた。
早上出門時，猶豫著要不要帶傘出門。　　　　　　　　　　▶ 第25課

06 あんなに高いスーパースポーツカーを何台も持っているなんて、贅沢の極みだ。
那麼貴的超跑他居然有好幾輛，真是非常奢侈。　　　　　　▶ 第17課

07 食べ物がなく命を落とす子供がいなくなることを願ってやまない。
希望世界上不要有餓死的孩子。　　　　　　　　　　　　　▶ 第20課

08 彼は社長のかたわら、大学の講師も務めている。
他一面當老闆一面也當大學講師。　　　　　　　　　　　　▶ 第5課

09 台風が来る日に海に行くとは、危険極まりない。
居然在颱風來襲的日子到海邊去，非常危險。　　　　　　　▶ 第18課

10 試験<ruby>試<rt>し</rt></ruby><ruby>験<rt>けん</rt></ruby>に合格<ruby>合<rt>ごう</rt></ruby><ruby>格<rt>かく</rt></ruby>せんがために、この一年間<ruby>一<rt>いち</rt></ruby><ruby>年<rt>ねん</rt></ruby><ruby>間<rt>かん</rt></ruby>一生懸命<ruby>一<rt>いっ</rt></ruby><ruby>生<rt>しょう</rt></ruby><ruby>懸<rt>けん</rt></ruby><ruby>命<rt>めい</rt></ruby>に勉強<ruby>勉<rt>べん</rt></ruby><ruby>強<rt>きょう</rt></ruby>していた。

為了通過考試，這一整年都拼命讀書。　　　　　　　　▶ 第 13 課

---

11 周囲<ruby>周<rt>しゅう</rt></ruby><ruby>囲<rt>い</rt></ruby>の中傷<ruby>中<rt>ちゅう</rt></ruby><ruby>傷<rt>しょう</rt></ruby>をものともせずに、王<ruby>王<rt>おう</rt></ruby>さんはいつも自分<ruby>自<rt>じ</rt></ruby><ruby>分<rt>ぶん</rt></ruby>の意思<ruby>意<rt>い</rt></ruby><ruby>思<rt>し</rt></ruby>を通<ruby>通<rt>とお</rt></ruby>してきた。

不在意周圍的中傷，王小姐總是貫徹自己的意志。　　　▶ 第 14 課

---

12 窓<ruby>窓<rt>まど</rt></ruby>の外<ruby>外<rt>そと</rt></ruby>を見<ruby>見<rt>み</rt></ruby>るともなく見<ruby>見<rt>み</rt></ruby>ていると、白<ruby>白<rt>しろ</rt></ruby>い雪<ruby>雪<rt>ゆき</rt></ruby>が舞<ruby>舞<rt>ま</rt></ruby>い降<ruby>降<rt>お</rt></ruby>りてきた。

不經意地看著窗外，結果下起了白雪。　　　　　　　　▶ 第 30 課

---

13 お金<ruby>金<rt>かね</rt></ruby>が足<ruby>足<rt>た</rt></ruby>りないから銀行<ruby>銀<rt>ぎん</rt></ruby><ruby>行<rt>こう</rt></ruby>から借<ruby>借<rt>か</rt></ruby>りざるをえない。

因為錢不夠，所以不得已從銀行借。　　　　　　　　　▶ 第 32 課

---

14 あの人<ruby>人<rt>ひと</rt></ruby>は漢字<ruby>漢<rt>かん</rt></ruby><ruby>字<rt>じ</rt></ruby>はおろかひらがなすら書<ruby>書<rt>か</rt></ruby>けない。

那個人不要說是漢字，連平假名都不會寫。　　　　　　▶ 第 15 課

---

15 彼女<ruby>彼<rt>かの</rt></ruby><ruby>女<rt>じょ</rt></ruby>はお金<ruby>金<rt>かね</rt></ruby>を受<ruby>受<rt>う</rt></ruby>け取<ruby>取<rt>と</rt></ruby>るが早<ruby>早<rt>はや</rt></ruby>いか、帰<ruby>帰<rt>かえ</rt></ruby>っていった。

她一拿到錢，就回去了。　　　　　　　　　　　　　　▶ 第 9 課

第三回

（　）01　帰省＿＿＿＿＿＿＿＿、家族で旅行してきた。
　　　　❶ がてら　　　　❷ つつ　　　　❸ ついでに　　　❹ ながら

（　）02　社長＿＿＿＿＿＿＿＿、社員＿＿＿＿＿＿＿＿、会社の規則に従わなければな
　　　　らない。
　　　　❶ だの・だの　　　　　　　　❷ なり・なり
　　　　❸ であれ・であれ　　　　　　❹ といい・といい

（　）03　年に一度の行事＿＿＿＿＿＿＿＿、町中の人が参加した。
　　　　❶ にあって　　❷ とあって　　❸ はもちろん　　❹ はおろか

（　）04　彼女が彼と＿＿＿＿＿＿＿＿、私には関係ないことだ。
　　　　❶ 離婚しようか　　　　　　　❷ 離婚しようが
　　　　❸ 結婚しようかしまいか　　　❹ 結婚しようがしまいが

（　）05　父は最近飲みすぎの＿＿＿＿＿＿＿＿。
　　　　❶ かいがある　　　　　　　　❷ ものがある
　　　　❸ きらいがある　　　　　　　❹ おそれがある

（　）06　このノートパソコンは軽量＿＿＿＿＿＿＿＿、頑丈で性能もいいです。
　　　　❶ ながらも　　❷ ながらに　　❸ ながらの　　❹ ながらか

（　）07　今度こそ真実を＿＿＿＿＿＿＿＿ぞ。
　　　　❶ 言わせざるをえない　　　　❷ 言わせずにはおかない
　　　　❸ 言わせずにはすまない　　　❹ 言わせずにはいられない

（　）08　車の事故を起こしたくなければ、スピードを出さない＿＿＿＿＿＿＿＿。
　　　　❶ ではおかない　　　　　　　❷ ではいられない
　　　　❸ にかぎる　　　　　　　　　❹ かぎりだ

（　）09　勉強＿＿＿＿＿＿、運動＿＿＿＿＿＿、僕は何をやってもだめだ。

❶ であれ・であれ　　　　❷ といい・といい

❸ だの・だの　　　　　　❹ なり・なり

（　）10　もう少し頑張ればできた＿＿＿＿＿、残念でした。

❶ ものを　　　❷ ものの　　　❸ もので　　　❹ ものに

（　）11　＿＿＿＿＿＿　＿＿＿＿＿＿　＿＿★＿＿　＿＿＿＿＿＿、彼らは教室を飛び出していった。

❶ 終了の　　　❷ や否や　　　❸ 鳴る　　　❹ ベルが

（　）12　せっかくお見舞いに行ったのに、彼女に＿＿＿＿＿＿　＿＿＿＿＿＿　＿＿★＿＿　＿＿＿＿＿＿された。

❶ ばかりの　　　❷ 帰れ　　　❸ と言わん　　　❹ 顔を

（　）13　吉田さんは花束を持って、彼女の家の前を行きつ＿＿＿＿＿＿　＿＿＿＿＿＿　＿＿★＿＿　＿＿＿＿＿＿。

❶ いた　　　❷ 戻り　　　❸ して　　　❹ つ

（　）14　責任が＿＿＿＿＿＿　＿＿＿＿＿＿　＿＿★＿＿　＿＿＿＿＿＿、今は今度の対策を考えるべきだ。

❶ のか　　　❷ ある　　　❸ はさておき　　　❹ だれに

（　）15　彼女の両親との対立は深まるばかりで、ついには＿＿＿＿＿＿　＿＿＿＿＿＿　＿＿★＿＿　＿＿＿＿＿＿だ。

❶ する　　　❷ 家出　　　❸ しまつ　　　❹ まで

答案

01 1	02 3	03 2	04 4	05 3
06 1	07 2	08 3	09 2	10 1
11 3	12 1	13 3	14 1	15 1

標音與中譯

01 帰省がてら、家族で旅行してきた。
返鄉省親順便全家人一起旅行。 ▶ 第 3 課

02 社長であれ、社員であれ、会社の規則に従わなければならない。
不管是社長還是社員，都一定得遵守公司的規定。 ▶ 第 7 課

03 年に一度の行事とあって、町中の人が参加した。
由於是一年一次的活動，全鎮的人都參加了。 ▶ 第 27 課

04 彼女が彼と結婚しようがしまいが、私には関係ないことだ。
她要不要和他結婚跟我都沒關係。 ▶ 第 25 課

05 父は最近飲みすぎのきらいがある。
父親最近常常會喝太多。 ▶ 第 19 課

06 このノートパソコンは軽量ながらも、頑丈で性能もいいです。
這台筆電儘管很輕，但是很堅固、性能也很好。 ▶ 第 12 課

07 今度こそ真実を言わせずにはおかないぞ。
這次我一定要讓你說出真相！ ▶ 第 31 課

08 車の事故を起こしたくなければ、スピードを出さないにかぎる。
如果不想肇事的話，最好是不要超速。 ▶ 第 29 課

09 勉強といい、運動といい、僕は何をやってもだめだ。
讀書也好，運動也好，我做什麼都不行。 ▶ 第 8 課

10 もう少し頑張ればできたものを、残念でした。
再努力一點就能辦到，真是遺憾。　　　　　　　　　　　　▶ 第 11 課

11 終了のベルが鳴るや否や、彼らは教室を飛び出していった。
下課鈴一響，他們就衝出了教室。　　　　　　　　　　　　▶ 第 9 課

12 せっかくお見舞いに行ったのに、彼女に帰れと言わんばかりの顔をされた。
特地去探望，結果她露出了要我們滾的表情。　　　　　　　▶ 第 13 課

13 吉田さんは花束を持って、彼女の家の前を行きつ戻りつしていた。
吉田先生捧著一束花在她家面前走來走去。　　　　　　　　▶ 第 6 課

14 責任がだれにあるのかはさておき、今は今度の対策を考えるべきだ。
先不管責任在誰身上，現在應該想的是這次的處理方式。　　▶ 第 16 課

15 彼女の両親との対立は深まるばかりで、ついには家出までするしまつだ。
她和父母的對立不斷加深，最後終於離家出走了。　　　　　▶ 第 21 課

國家圖書館出版品預行編目（CIP）資料

一發合格！我的 33 堂日語文法課：前進 N1 篇 / 林士
鈞著 . -- 初版 . -- 臺北市：日月文化，2018.04
　　面；　公分 . -- (EZ Japan 教材；5)
　　ISBN 978-986-248-715-0（平裝附光碟片）

1. 日語　2. 語法　3. 能力測驗
803.189　　　　　　　　　　　　　　107002989

EZ Japan 教材 05

一發合格！我的33堂日語文法課：
前進N1篇（1書1MP3）

作　　　者：林士鈞
企　　　劃：鄭雁聿
編　　　輯：蔡明慧
校　　　對：林士鈞、蔡明慧
美 術 設 計：亞樂設計有限公司
內 頁 排 版：簡單瑛設
配　　　音：林士鈞
錄 音 後 製：純粹錄音後製有限公司

發 行 人：洪祺祥
副 總 經 理：洪偉傑
副 總 編 輯：曹仲堯
法 律 顧 問：建大法律事務所
財 務 顧 問：高威會計師事務所

出　　　版：日月文化出版股份有限公司
製　　　作：EZ叢書館
地　　　址：臺北市信義路三段151號8樓
電　　　話：(02) 2708-5509
傳　　　真：(02) 2708-6157
客 服 信 箱：service@heliopolis.com.tw
網　　　址：www.heliopolis.com.tw
郵 撥 帳 號：19716071日月文化出版股份有限公司

總 經 銷：聯合發行股份有限公司
電　　　話：(02) 2917-8022
傳　　　真：(02) 2915-7212
印　　　刷：中原造像股份有限公司
初　　　版：2018年4月
定　　　價：320元
I S B N：978-986-248-715-0